庞培 主编

县城

江阴新诗选

上海文艺出版社

图书在版编目（CIP）数据

一个人的县城：江阴新诗选/庞培主编. —— 上海：上海文艺出版社，2023

ISBN 978-7-5321-8884-0

Ⅰ. ①一… Ⅱ. ①庞… Ⅲ. ①诗集—中国—当代
Ⅳ. ① I227

中国国家版本馆 CIP 数据核字（2023）第 207921 号

责任编辑　冯　凌
特约编辑　长　岛
封面设计　马海云

一个人的县城：江阴新诗选
庞培　主编
上海世纪出版集团　上海文艺出版社
上海市闵行区号景路 159 弄 A 座 2 楼　201101
上海文艺出版社发行中心发行
上海市闵行区号景路 159 弄 A 座 2 楼 206 室　201101　www.ewen.co
苏州市越洋印刷有限公司印刷
开本 880×1230　1/32　印张 9.5　插页 2　字数 195,000
2024 年 1 月第 1 版　2024 年 1 月第 1 次印刷
ISBN 978-7-5321-8884-0 / I·7001　定价：68.00 元

序

庞　培

　　有必要在县城范围读一读新生的汉语，世代相续、更年轻、火热的汉语。她们有着俊俏好奇的眼睛，更加沉默也更加迫切，在人群深处的目光，加入了南中国的蜉蝣、池塘、水乡、星空和植被，大多是被拆迁消失后的旧街陋巷和那里的地址门牌号哺育出来的安静的生灵。衍生出来的一行行诗句，均曾拥有过各自电闪雷鸣的发育、惊悸和成长史，这里每名诗人都曾经是走过古石拱桥的水乡的少年和少女，拥有过他们各自的朗朗青天、黑夜茫茫或黎明时的雨滴，他们的十七岁、三十七岁，国家合法的生育年龄，他们在词语面前的变化、注意力和气力，总体的言之凿凿，总体的镇定自若和局部不识字。梁启超在1902年写成的《论教育当定宗旨》中断言："吾国自经甲午之难，教育之论，始萌蘖焉。"或许，接踵而至的中国新诗，首先是一种"换了人间"式的自我教育——卫三畏（Samuel Wells Willams）在1847年为《中国总论》一书作序时，更称"中国在现存的制度和文学方面，是最文明的异教国家"。一种新时代的诗教，率先成形的自我哺育。

在县城写诗（而且一写多年），颇有几分凄凉。但转念一想，人生千事百态，总也难绕得过逆来顺受、凄凉的败局、收场或境界；凄凉本身，亦实属常态，于是就释怀。难不成人人都要生活在省城一级，或投胎下来就是北京上海广州南京人吗？中国，毕竟大量的国人，皆生活在省城以外的小县城，甚至乡镇区域，不过，这些地方的诗歌、文化氧份稀缺严重罢了。常年累月，对于文字而言，就如同缺氧的高原。在县城写作，一定程度上，作者也就成了条件艰苦的高原藏区牧民。这不是开玩笑的，什么时候中国的乡县一级能出大诗人了，中国的新诗也就有救了。就像古时的情形，诗人多出无名的乡野之地，也才有了最终的全唐盛景。"因为一对恋人的幸福，总是背对世界的……"（罗曼·加里）于是，一个地方上的诗歌选本，一定程度上，是一个国家文字和语言艺术的浓缩。

活泼喜悦，是中国文明的品性；情意融融，是中国人世的风景。你是否还记得这份温暖？你是否想起《古诗十九首》——这片沃野的文化乡土，这一份心的家园？

"火燔野草，其所不燔名曰幸草。"（《论衡》）

在县城存活，或者说苟活下来，成了我毕生的课业，成了我许许多多熟悉的亲爱的朋友们毕生的困惑。此书可为不曾完全书写出来的梦幻佐证，犹似普鲁斯特的格言："我们就像一头牛那样为了当下的牧草而活着。"

诗会让人感到光荣，就像早晨慢慢升起的太阳；甚至漫漫长夜中的寒冷，也是太阳的一部分——诗歌里播满了谈虎色变、时间的种子。

一首诗好，和读者喜欢并深爱某一首诗（或某位诗人）完全是两码事。接下来，一首诗自身在独立的物理时空存活下来（某种程度上进入永恒不朽），又跟前两者是完全不同的一件事——此三者的差异，犹如考古学科中的划学术鉴定：上古、中古、远古、近古一般泾渭分明，似乎分属于迥然有别的生命学科。我现在正在对读者之爱这一层感兴趣。毫无疑问：伟大的诗，有时候并不等同于伟大的诗人；而伟大诗人这一概念，一定包含有伟大的诗歌这一层面——同时也（又）涵盖了诗之独立存在的这第三界面。

　　因此，好诗，仅占有此三层中单纯的一面就足够了。但伟大的诗人却必定是三者皆然且进入更多和更深奥层面的，犹如基督教中的圣父、圣母和圣子——著名的三位一体。

　　"道生一，一生二，二生三，三生万物。"

　　那么，伟大的诗人，是指那种进入到了……"三生万物""不出户，知天下"层面的更加渺茫无名的诗人。这是无疑的。

　　我现在尤其对此间的"二"感兴趣。"一"，如何生"二"？如何实践从"一"到"二"之蜕变？

　　这"二"（我所谓的读者的生动感情），又是什么呢？

　　实际上，人比诗歌更伟大。此一逻辑进程，已可在此得到确证。也就是说：诗光耀于、得益于人之普通无名。其消耗的是人类大量平凡质朴的生活的沃野。

　　在一定程度上，自然天地大于人。旷野山川，大过一匹不世出的骏马。

　　新石器时代的一柄石斧，和旧石器时代同样形状质地用途的一柄石斧既完全相似，又很不一样。某种程度上，它们只在一点上相似：出土问世了。

诗歌——既是时间的博物馆本身，也是展柜里的件件珍宝。

应该有专门一本的诗学著作，题目类同于《作为观者的诗歌》一类。中国古代倒是具备这方面悠久的人文传统：各种各样的准诗话或各类诗话——此一体裁，后来发明并诞生出一种特殊的体例：笔记小说。

在西方，只有博尔赫斯、尤瑟纳尔，和一定范围的卡夫卡，深谙并吸收到了中国古代笔记（诗话）的现代营养。此是后话。

读者喜欢并且以何种方式深爱某一类诗这件事情，十分有趣。因为一定程度上，此读者久而久之，也就有可能成为了他喜欢的那位诗人——诗歌，是人在世上茫然的投奔——变体者同时实现了变性。读者与作者浑然不觉、两相情悦——诗与诗人合为一体了。

王善人（凤仪先生）认为：凡两人以上，就有一种"道"生出。

诗，"这就像傍晚时分星星出现一样。"（弗罗斯特：《诗人在大学里的近亲》，中译本《弗罗斯特集》下册，第 975 页）

在县城街头。或者说，在县城的街头，这颗星星如此地黯然。但就像它偶尔的明亮那样：瘦小、坚忍、孤单，冉冉——"己所不欲，勿施予人"般地升起——每个人命运的额角，因此而有了冒险、大胆和禁忌，也就有了某种生而为人的阴影或光亮。

旧书中读到清朝军队涣散史料，意识到中国人天性缺失现代战争精神。中国有最上层的儒士和底层任劳任怨的凡人百姓，但其文化深层缺乏中间状态的男性图腾文化。相比较：日本有武士道，德国有铁血勇士，法国、意大利的骑士文化，英国则更甚:绅士阶层。这些都相关男人在世的尊严及荣誉观。中国人在这方面绝对缺乏。此书（易强:《晚清残录》）给予我这方面的联想和提醒。耳顺之年，我终于意识到中国文化和历史最阴暗的一面：缺乏男士的精英进取观念。盖由汉民族自古重文不重武源起。中国人天性易绝对，要不入世，要不太过出世，儒释道各取一端，而西方的基督教文明正有务实朴实的长处。因而，纵观我们的文学史，显然，中国人实在并不缺少《红楼梦》式的温柔，《三国演义》式的戏剧起伏，《西游记》或《聊斋》的云里雾里更不用说了。中国真正缺乏的是《水浒传》式的大义抗争。施耐庵才是真正的异端！不可多得的警示和清醒！历史上，秦国战胜六国，五胡乱华，安史之乱，宋金之争，明朝易代，民国短命，皆不过如此！切要，切要！

中国大概是康有为、孙文多而谭嗣同少。光绪少而咸丰、慈禧多。庄子老子多而季札、孟子少；鲁迅郭沫若多而周作人、沈从文少。中国的仁人志士比例有一种社会先天性的缺乏（陷）。

另一方面，从1793年马嘎尔尼使团访华，到今天2023年，两百多年的历史，体现出一种东西方文明相互窥探、交汇融合的反转景观，可称之为第一阶段的回合已经结束。这一次，中国试图把西方世界拖下水，但却拖不动了。就像两千年前，把回纥、突厥，一千年前把剽悍的草原文明，四百年前把东北亚人种拖下水那样——靠的是一个"礼"字。我常常想，这"礼"字背后，恰恰是一种对于陌生世界的无尽的惊恐和无奈。

中国是"礼"，西方则有"自由民主"，尤其古希腊的"民主"，但在激烈的两百年以后，他们惊恐地发现对方成了自己。想象力和悬念差不多在骤然间被终结了。——大幕才刚刚拉开。

俄国——俄国则是必将决定未来人类命运的东西方（中国和美国）文明持续相冲突、彼此厮杀冲锋的开阔地带。

俄国必须让出这块平原和大陆（部分海洋）的处女地。

让我们记住一个被历史严重遗忘的名字：美国驻中国特使薛斐尔，1882 年 1 月 1 日，在写给李鸿章的信中，他说出了也许是华夏文明最本质的缺陷：历史上欺软怕硬，传统上"重文轻武"……

"中国绝对没有可以使士兵成为文明的代表的骑士精神，也没有可以创造英雄和民族领袖的团队精神……在这种制度下，没有可以将军队与武装暴徒区分开来的精神。"

当他提及当年的北洋水师时，薛斐尔说："……在和平时期，这支舰队是取悦总督的玩具；在战时，它将是敌人的战利品。"

世界大潮面前，中国人无疑只是、也只能是玩具或战利品，别无他途。

这个古老文明的内在深层的脆弱，已无所遁形。

什么样的人喜好什么样的书，往往都有一个自身命运的参照系，就像太阳光在房间的投射一样，完全客观地评价一本书，几乎不可能，如同一天的某个时辰，让同一时间不同的人评价天气一样，其结果一定众口不一。穷人、富人、老人、孩子、街上普通的行人和路过的旅客都不一样。

"生命只有一座要征服的高峰——设法体验一切身而为人的感觉。"（威廉·冯·洪堡）

这本书里有多少好诗？有几个好的诗人？于是也就自然演绎成了鲍勃·迪伦的歌曲：《答案在风中飘荡》。也就成了一首歌唱出之后的寂静和空白——空气充满了勇敢和进取，充满了无言的坚持、缭绕于心的年青时候的"今夕逢除夕，开箱取绿袍。"（俞樾）似的梦想。一首诗，隐约而成一个时代、一城市、一人生命深处的"生平行图"。

做一个小城诗人并不是众人唯一的希冀，但却成了我们共同的境遇。

因此——

　　　　无限地致敬，
　　　　县城的寂静；
　　　　无限地迹近，
　　　　县城的荒凉。

本书大多数的作者年轻时候，江阴县城还是一座方圆古朴、东西走向的旧城。城区沿袭宋代建城时的规制，呈完整、青砖黛瓦的标准四方形，是一座空间上濒临长江下游、稍稍呈狭长方形，东西略宽的典型江南县城，有朝宗门、朝阳门、北门等城楼，城内人家枕河，条条弄堂贯深；城里有宋时广济古井、宝塔、寺庙、孔府学堂；城外有码头和港口、船队、运河。到本书收尾时，短短百年，葆有民国样式的几乎所有街巷建筑、风土人情，皆已被骤然涌来的变革大浪冲垮打平，一切旧时风景，悉数夷为平地。语言——具体到吴方言区域中心的江阴乡土方言——一定也遍历了时代剧烈的变革。一百年的江阴诗歌，实则亦属一百年的江阴百姓之心灵史。一百年地方的沧桑变革，基本沉淀在了呈现于读者眼前的本书作品的旮旯缝隙，或字里行间——某种程度上，这是县城范围的一条"终古如长夜"的诗歌版"察院弄"或"灰堆巷"（弄堂旧址名）遗址，一处诗体的江南院落和小巷。船正隐约在河埠码头的晨雾中摇出，摇向田岸深处——远方的战乱或"文革"，一场场劫难正等在诗人们的眼前，随时要考验出他的修辞定力。漫天乌云，从现代汉语言的上空层层席卷——诗如海上帆船浮出海面，而古旧的、"因循未发，坐损年华"的老江阴城乡，已猝然沉没于滔天海面。

——"你为这一刻的悲欣交集而来。"（王小龙）

2023年5月14日，母亲节

目 录

contents

刘半农

母　亲

黄昏时孩子们倦着睡着了，
后院月光下，静静的水声，
是母亲替他们在洗衣裳。

1923.8.5　巴黎

教我如何不想她

天上飘着些微云，
地上吹着些微风。
啊！
微风吹动了我的头发，
教我如何不想她？

月光恋爱着海洋，
海洋恋爱着月光。

啊！
这般蜜也似的银夜。
教我如何不想她？

水面落花慢慢流，
水底鱼儿慢慢游。
啊！
燕子你说些什么话？
教我如何不想她？

枯树在冷风里摇，
野火在暮色中烧。
啊！
西天还有些儿残霞，
教我如何不想她？

稻　棚

（记得八九岁时，曾在稻棚中住过一夜。
这情景是不能再得的了，所以把它追记下来。）

凉爽的席，
松软的昔，
铺成张小小的床；

棚角里碎碎屑屑的，
透进些银白的月亮光。

一片唧唧的秋虫声，
一片甜蜜蜜的新稻香——
这美妙的浪，
把我的幼年的梦托着翻着……
直翻到天上的天上！……

回来停在草叶上，
看那晶晶的露珠，
何等的轻！
何等的亮！……

一个小农家的暮

她在灶下煮饭，
新砍的山柴，
必必剥剥的响。
灶门里嫣红的火光，
闪着她嫣红的脸，
闪红了她青布的衣裳。

他衔着个十年的烟斗，

慢慢地从田里回来；
屋角里挂去了锄头，
便坐在稻床上，
调弄着只亲人的狗。

他还踱到栏里去，
看一看他的牛，
回头向她说：
"怎样了——
我们新酿的酒？"

门对面青山的顶上，
松树的尖头，
已露出了半轮的月亮。

孩子们在场上看着月，
还数着天上的星：
"一，二，三，四……"
"五，八，六，两……"

他们数，他们唱：
"地上人多心不平，
天上星多月不亮。"

相隔一层纸

屋子里拢着炉火，
老爷分付开窗买水果，
说"天气不冷火太热，
别任它烤坏了我。"

屋子外躺着一个叫化子，
咬紧了牙齿对着北风喊"要死"！
可怜屋外与屋里，
相隔只有一层薄纸。

1916

老木匠

我家住在楼上，
楼下住着一个老木匠。
他的胡子花白了，
他整天的弯着腰，
他整天的叮叮当当敲。

他整天的咬着个烟斗，
他整天的戴着顶旧草帽。

他说他忙啊!
他敲成了许多桌子和椅子。
他已送给了我一张小桌子。
明天还要送我一张小椅子。

我的小柜儿坏了;
他给我修好了;
我的泥人又坏了,
他说他不能修,
他对我笑笑。

他叮叮当当的敲着,
我坐在地上,
也拾此木片儿的的搭搭的敲着。
我们都不做声,
有时候大家笑。

他说"孩子——你好!"
我说"木匠——你好!"
我们都笑了,
门口一个邻人,
(他是木匠的朋友,
他有一只狗的,)
也哈哈的笑了。

他的咖啡煮好了，
他给了我一小杯，
我说"多谢"，
他又给我一小片的面包。

他敲着烟斗向我说
"孩子——你好。
我喜欢的是孩子。"
我说"要是孩子好，
怎么你家没有呢？"
他说"唉！
从前是有的，
现在可是没有了。"
他说了他就哭，
他抱了我亲了一个嘴；
我也不知怎么的，
我也就哭了。

1921.10.1　巴黎

听　雨

我来北地已半年，今日初听一宵雨。
若移此雨在江南，故园新笋添几许？

夜

（坐在公共汽车顶上，从伦敦西城归南郊。）

白濛濛的月光，
懒洋洋的照着。
海特公园里的树，
有的是头儿垂着，
有的是头儿齐着，
可都已沉沉的睡着。
空气是静到怎似的，
可有很冷峻的风，
逆着我呼呼的吹着。

海般的市声，
一些儿一些儿的沉寂了；
星般的灯火，
一盏儿一盏儿的熄灭了；
这大的伦敦，
只剩着些黑蠹蠹的房屋了。
我把头颈紧紧的缩在衣领里，
独自占了个车顶，
任他去颤着摇着。
贼般狡狯的冷露啊！
你偷偷的将我的衣裳湿透了！

但这伟大的夜的美，
也被我偷偷的享受了！

1920.7　伦敦

歌

没有不爱美丽的花，
没有不爱唱歌的鸟，
没有一个孩子不爱哭，
没有一个孩子不爱笑。

没有没眼泪的哭，
没有不快活的笑，
你的哭同于我的哭，
你的笑同于我的笑。

哭我们的孩子哭，
笑我们的孩子笑！
生命的行程在哪里？——
听我们的哭！
听我们的笑！

1923.3.23　伦敦

山　歌

五六月里天气热旺旺，
忙完仔勺麦又是莳秧忙，
我莳秧勺麦呒不你送饭送汤苦，
你田岸浪一代一代跑跑跑得脚底乙烫？

秋　风

秋风一何凉！
秋风吹我衣，秋风吹我裳。
秋风吹游子，秋风吹故乡。

1921.9.20　巴黎

三十三岁了

三十三岁了，
二十年前的小朋友没有几个了，
十年前的朋友也大都分散了，
现在的朋友虽然有几个，
可是能于相知的太少了！

三十三岁了，

二十年前不能读什么书，

十年前不能读好书，

现在终于读得了，

可常被不眠症缠绕着，

读得实在太少了！

三十三岁了，

二十年前的稚趣没有了，

十年前的热情渐渐的消冷了，

现在虽还有前进的精神，

可没有从前的天真烂漫了！

三十三岁了，

回想到二十年前对于现在的梦想，

回想到十年前对于现在的梦想，

若然现在不是做梦么？

那就只有平凡的前进，

不必再有什么梦想了！

江阴船歌

新打大船出大荡，大荡河里好风光。

船要风光双支橹，姐要风光结识两个郎。

山　歌

小小里横河一条带，
河这边小小里青山一字排。
我牛背上清清楚楚看见山坳里，
竹篱笆里就是她家格小屋两三间。

河边浪阿姐你洗格啥衣裳

河边浪阿姐你洗格啥衣裳？
你一泊一泊泊出情波万丈长。
我隔仔绿沉沉格杨柳听你一记一记捣，
一记一记一齐捣勒笃我心浪。

留别北大学生的演说

今天是北京大学第 22 周年的纪念日。承校长蔡先生的好
意，因为我不日就要往欧洲去了，招我来演说，使我能与诸位
同学，有个谈话的机会，我很感谢。

我到本校担任教科，已有三年了。因为我自己限于境遇，
没有能受到正确的、完备的教育，稍微有一点知识，也是不
成篇段、没有系统的，所以自从到校以来，时时惭愧，时时自

问有许多辜负诸位同学的地方。所以我第一句话，就是要请诸位同学，承受我这很诚恳的道歉。

就我三年来的观察，知道诸位同学，大都是觉醒的青年；若依着这三年来的进行率进行，我敢说，将来东亚大陆的文化的发展，完全寄附在诸位身上。所以我对于诸位，不必更说什么，只希望诸位都本着自己已有觉悟，向前猛进。

如今略说我此番出去留学的趣旨，以供诸位的参考。

我们都知道人类的工作的交易，是造成世界的元素；所以我们生长于世界之中，个个都应当做一份的工。这做工，就是人类的天赋的职任。

神圣的工作，是生产工作。我们因为自己的意志的选择，或别种原因，不能做生产的工作，而做这非生产的工作，在良心上已有一分的抱歉，在社会中已可算得一个"寄生虫"。所以我们于这有缺憾之中，要做到无缺憾的地步，其先决问题，就是要做"益虫"，不要做"害虫"。那就是说，应当做有益于生产的工作者的工，做一般生产的工作者所需要而不能兼顾的工。

而且非但要做，还要尽力去做，要把我们一生的精力完全放进去做。不然，我们若然自问——

我们有什么特权可以不耕而食？

我们有什么特权可以不织而衣？岂不要受良心的裁判吗？

这便叫作"职任"。

因其是职任，所以我们一切个人的野心或希冀，都应该消灭。那吴稚晖先生所说"面筋学生"一类的野心，我们诚然可以自分没有；便是希望做"学者"做"著作家"的高等野心，也尽可以不必预先存着。因为这只可以从反面说过来，若然我们的工做得好，社会就给我这一点特别酬劳；不能说，我们因为要这个特别酬劳才去做工（我们应得的酬劳，就是我们天天享用的，已很丰厚）。若然如此，我们一旦不要了，就可以不做，那还叫得什么责任？

如此说，可见我此番出去留学，不过是为希望能尽职起见，为希望我的工作做得圆满起见，所取的一种相当的手续，并不是把留学当作充满个人欲望的一种工具。

我愿意常常想到我自己的这一番话，所以我把它供献于诸位。

还有一层，我也引为附带的责任的，就是我觉得本校的图书馆太不完备，打算到了欧洲，把有关文化的书籍，尽力代为采购；还有许多有关东亚古代文明的书或史料，流传到欧洲去的，也打算设法抄录或照相，随时寄回，以供诸位同学的研究。图书馆是大学的命脉，图书馆里多有一万本好书，效用也许可以抵上三五个好教授。所以这件事，虽然不容易办，但我尽力去办。

结尾的话是，我是中国人，自然希望中国发达，希望我回来时，中国已不是今天这样的中国。但是我对于中国的希望，不是一般的去国者，对于"祖国"的希望，以为应当如何练兵，如何造舰，我是——

希望中国的民族，不要落到人类的水平线下去；

希望世界的文化史上，不要把中国除名。

怎么样才可以做到这一步？——还要归结到我们的职任。

1919年12月17日

刘半农（1891 年 5 月 29 日—1934 年 7 月 14 日），江苏江阴人，原名寿彭，后名复，初字半侬，后改半农，晚号曲庵，中国新文化运动先驱，文学家、语言学家和教育家。主要作品有诗集《扬鞭集》《瓦釜集》和《半农杂文》。

胡山源

弥洒 Musai 临凡曲

黑沉沉的长夜里，
吼起了冷酷似尖刃的北风，
天地间充满了魑魅魍魉，
猛兽毒虫；
春光吓了忘去伊的明媚；
夏木败了失去他的葱笼；
青山盖着白雪；
流水凝成坚冰；
一年四季隆冬！
于是 Musai 们偶然来了；
飘着流云飞霞的轻裙，
系着明星亮月的宝带，
执著和鸾鸣凤的乐器，
翩跹迴翔的舞着，
宛转抑扬的唱着：
"我们乃是艺文之神；
我们不知自己何自而生，

也不知何为而生：

我们唱；

我们舞；

我们吟；

我们写；

我们吹；

我们弹；

我们一切作为只顺着我们的 Inspiration！"

北风渐息了！

冰雪渐融了！

伊们更努力的唱着：

"你们赠我月桂冠，

欢迎！

荆棘冕，

欢迎！

宝贵的黄金，

残破的砂砾，

一视同仁！

我们无所求，无所冀；

不识名，不识利；

我们一切作为，只知顺着我们的 Inspiration！"

终于光明来了；

假道学面孔的隆冬，偷偷的避去；

含情的春色，摇曳生姿，布满了人间；

恶形的厌物，化成飞灰——甚至灰也没有；

花啊，鸟啊，

诗情啊，乐音啊，

簇拥着 Musai 们，

在旧的世界上，成了另一个新的世界；

大家同声唱着：

"我们一切作为，只知顺着我们的 Inspiration!"

1922.12.15

（选自 1923 年《弥洒月刊》第一期）

胡山源（1897—1988），作家、文学翻译家，原名胡三元，江苏江阴人。历任上海基督教青年协会书报部翻译，河南开封中山大学、杭州三江大学教师，上海世界书局编辑，受时代变革思潮影响，创建新文学团体"弥洒社"，出版《弥洒》月刊和《弥洒社创作集》。在联络文学青年投身新文学运动的同时，积极从事小说、新诗、散文、戏剧等创作，受到鲁迅的重视。

翟博胜

工地脚印

从山脚下一直铺到河塘底，
从高岸东一直铺到大路西，
工地脚印如花开呀，
给农田织起五彩衣！

脚印深深，汪着多少大干汗水，
深深脚印，刻着多少动人事迹！
一串脚印一串歌，
一串脚印一串诗⋯⋯

老书记长征的脚印，
从炮火战场走到这火热工地；
新社员青春的脚印，
从柏油马路踩到这农村烂泥。

老一代啊新一代，
接力赛中举红旗，

脚印一个接一个，
从胜利走向更大胜利。

赤脚草鞋踏出康庄道，
草鞋赤脚踏出大寨地，
这成千成万的脚印呵，
不都是当代愚公的前进足迹！

1976.3

工地号子

冲破百里寒雾，
一片你应我呼，
工地大干号子，
喊得如火如荼。

平整土地改荒滩，
车似流水担如梭，
书记打出挑战号，
百条嗓子一个谱。
队长又起跃进号，
一串号子一方土，
号子喊出新指标，

你追我赶起宏图。

工地号子阵阵欢，
此起彼落如擂鼓，
学习大寨作基调，
号子越打劲越足。

十里工地号子声，
十里工地红旗舞，
十里工地摆战场，
荒滩敢不改面目。

冲破一片寒雾，
喜听你应我呼，
工地号子连片，
战斗如火如荼……

1976.3

赤脚书记

昨晚县里开罢誓师会，
书记的总结很爽脆，
归根结底一句话，

"头雁飞了群雁飞……"

多少干部会散心不散,
进宿舍还议论得难入睡,
天不亮就有人打行李,
都想赶头班车子回社队!

一夜春雨涨春潮,
露珠儿滴得柳更翠;
我乘早车到公社,
向阳浜里人声沸……

县委部署像春风,
万里江河春波回;
把把罱杆舞朝霞,
只听积肥歌声穿桥飞……

歌声中一只泥船正靠岸,
喔,那船头领唱的你道是谁?
就是咱的赤脚书记呵,
我头班车没赶上他两条腿!

1977.1

电站开灌

电站开灌试新机，
乐坏师傅小徒弟，
胸中一腔大寨情，
师徒双双比技艺……

一身泥花吐清香，
两袖机油是标志。
师傅喊声按闸刀，
徒弟挥手机声起……

喷珠溅月放春水，
心潮更比春潮急，
赶着季节入渠流，
等着秧池泛新绿。

莫怪今年开机早，
比起大寨已经迟；
大寨种田四季春，
大寨机声震天地！

为了农业机械化，
公社处处试新机；
试机更是试新人呵，

心中马达唱不息……

1977.1

"布谷"声声

布谷声声催春早

没有社员脚头躁。

种田谁等布谷唤？

布谷未叫人先到。

满畈秧苗已出水，

满池春水不咬脚；

只听漫野秧歌起，

唱出一片大寨调。

支书嗓门若洪钟，

歌声粗犷音量高；

队长领着大伙唱，

歌声号子融一道！

人学大寨精神好，

田学大寨换新貌，

要得人变产量变，

学习大寨争分秒。

争分秒，抓个早，
满村人欢"布谷"闹；
哨音机音号子声，
乍听全像布谷叫……

1977.1

江南春歌

百里江南春，
隆隆机声吼；
朝耕晨雾红霞，
暮耕紫烟星斗……

青青秧池待落谷，
稻芽跟着机声抽；
块块新田等碎垡，
春水已到田横沟。

东片铁牛大会战，
机声响成一条喉；
西丘铁牛比干劲，
你追我赶争上游。

看呀，村道上又开来新伙伴，
农机员突击完成大检修；
这时光，拖拉机群抖精神，
这时光，抢播抢种正当口。

春光一刻值千金，
农业机械化春色稠；
江南遍地忙春耕呵，
"钢人铁马"齐战斗……

1978.4

"知青一号"

知青科研组终于把喜讯报告，
培育出高产良种"知青一号"；
这一粒粒金光灿灿的稻种，
是他们几度春秋的汗水浸泡?！

它耐旱耐涝，
它抗风抗暴，
性格犹如这批生龙活虎的青年，
环境的艰苦，条件的差劣，难不倒……

个个青年呵颗颗良种，
在公社的沃土爆芽壮苗，
高产良种是抓纲治国的硕果，
这样的青年呵是党的骄傲！

呵，今天的科研组育出"知青一号"，
明天将化作张张丰收喜报，
铺满广阔天地的金色田垅
迎来农业学大寨的跃进高潮……

1978.4

书记从秋光中走来

昔日，书记从秋光中走来，
抓一杆核产的秤儿四处"翘"！
不够？乱草里扒了又扒，
秕谷儿凑了又凑，
仓角落掏了又掏。
一句话，只准你多来，
——不准你少！
宁可卖完了"余粮"，
——吃"统销"……

如今，书记从秋光中走来，
抓一柄快口的镰刀撒一路笑！
不信？看整天儿绾起的袖，
赤着的脚，
弯着的腰。
一句话，太阳里看影子，
——也有汗光闪耀！
产量嘛，去向干劲，
——要！

1979.12

老队长

老队长一天讲不到三句话，
那伙人，总把他踩到脚底下，
过去的十年他不吃香，
他下台，大们儿碗里无疙瘩。

喝够了稀，吃够了苦，
回头再来挢伤疤——
才知道"嘴巴队长"没饭吃，
当家还是要实干家！

民主选举那一晚，
全票通过请他重上马，
谁知掌声笑声一片催，
老队长还是没句囫囵话。

一早听到吹哨声，
社员们梦醒把田下，
谁说老队长是"哑巴"？
吹瘪的哨子代他在说话。

春上说的秋上应，
老队长这才说了句心上话：
"实在没功夫开大口呵，
只为急着奔'四化'……"

1980.9

兑　现

一年的指望，四时的成盼，
社员呵就等待这年终兑现！
昔日"兑现"像接受恩赐，
队长训半夜话，会计沉半天脸
算来算去一个工抵不了一包香烟钱，

三百六十天汗水白流苦白吃，
捏着张"返销证"还要"忆苦思甜"。
一家老小如何添件冬衣、割肉过年？
申请救济靠的是制度"优越"无限！
"社会主义"呵，"康庄大道"呵，
一村人在向"大寨红旗"空腹呼喊：
兑现！兑现！兑现！

一年的指望，四时的顾盼，
社员呵又等待这年终兑现！
节省了所有形式主义的耗工，
告谢了一切好心"长官"的蹲点，
让自己的汗水一点一滴去肥田，
三百六十天责任到人农活到组，
自留田和大田一样功夫到家躬耕精管。
归还了我种田人的脚踏实地，
大话空话总难以将庄稼诓骗！
"社会主义"呵，"康庄大道"呵，
必须靠我们一步一个脚印地向前。
——兑现！兑现！兑现！……

1981.3

蝙蝠的“眼睛”

蝙蝠为什么善于在夜间飞行，
是不是它有一双特殊的眼睛？
你看它在梁椽间穿梭，
你看它在密林里夜巡……
带着这个问题去问动物老师，
老师的回答使我大吃一惊，
想不到蝙蝠听、视不全，
光有一双耳朵，根本没有眼睛！

它靠的是灵敏的耳鼓，
把拍翅的回音顷刻辨听，
只要前进路上有半点障碍，
它都能回避得既快又准。

呵！现在我才慢慢知道——
蝙蝠为了把夜虫一一搜寻，
它不靠普通的眼睛去办事，
却能练成一种特殊的本领！

这里要付出多少精神代价
这里要倾注多少毅力、信心，
要是我们有志于未来的建设，
请想想从蝙蝠身上受到了什么启引……

1979

枕头的头巾

枕头和头巾都姓"枕",
有人碰到它就会乖乖打困,
有人睡着它就会甜甜做梦。

于是,枕头的枕巾都骄傲起来,
一个说是我给了主人睡意,
一个说是我给了主人梦境。

枕头说没有我主人哪能高枕无忧?
枕巾说没有我主人哪有花花绿绿的梦?
——两人争吵正好把小明从睡梦中惊醒。

枕巾悄悄对枕头说,
快平心静气听听主人的理论,
枕头这才勉强把枕巾的建议答应。

小明唔唔嗯嗯咂了咂嘴角的口水,
一骨碌在枕巾上翻了好几个身,
终于,又把脑袋埋在枕里无知无闻。

气得枕头、枕巾一声舌战开始,
小明在梦中只觉得颈下如卧弹簧几根,
吓得他一身冷汗马上从梦中惊醒。

于是，他揉了揉惺忪的睡眼，
才发现枕巾已在枕上团成一捆，
难怪脑袋勺上梗得角角棱棱。

小明这才把枕巾重新铺展好，
自言自语："你俩都是姓'枕'，
何必还要搅得这样难解难分？"

说完，他已又一次进入美妙的梦乡，
只梦见枕巾和枕头一起拥抱着寻开心，
说什么"从今后愿意永远服务好小主人"！

枕头呵，枕巾呵，平息了一场风波，
从此，人们安定团结有一忽好觉可困，
建设"四化"中才感到休息得好特别精神⋯

1979

翟博胜（1941—1981），江阴西乡人，1964 年以社会青年的身份考入南京师范学院（今南京师范大学）中文系，毕业后分配到东台县文化馆，1974 年调入江阴县文化局。业余创作以散文诗、诗歌为主。作品主要发表在《解放日报·看今朝》《雨花》等报刊。他的诗讴歌农村，清新而又充满激情。

李中林

大明湖

一

荷花盛开时
一位诗人来到大明湖
天地一色
他颤抖地吟咏
济南开了

荷花是济南的市花
金秋十月
没见荷花
济南开过了

二

没有见到历下亭
没有见到明湖居
只能请老残做导游

读何绍基书写的杜甫诗句：
历下此亭古
济南名士多

吟无名氏联
四面荷花三面柳
一城山色半城湖

再看一眼古水仙寺里的对联
一盏寒泉荐秋风
三更画船穿藕花

明湖居白妞王小玉在说书
三弦弹出一粒粒珠子
满座听众颠倒了神魂

湖上起风了
顿时破碎了千佛山的身影

三
大明湖，明湖大
大明湖里开荷花
荷花上边一蛤蟆
一窜一蹦跶

不必去考证
这打油诗是谁写的
大明湖里着露的荷花
荷花上有运动的蛤蟆
细心地读
这是一幅
齐白石的画

2012.12

夜宿屯溪

住在九楼 11 号
室友说这是"9·11"房间
一只大鸟从远处飞来
急忙拉上了窗帘

雨在梦中
从枕边落下
听到的是
打在老家瓦楞的滴答

有鸡在啼鸣
一唱、二唱、三唱

湿漉漉的
终于唱出了灰灰的天空

贵人出门必逢雨
是老天为我洗尘
想不起我的雨伞
丢到了什么地方

2011.11

唐寅和徐经

来去匆匆
一河橹声留在诗画里
江南朋友
在北京做了难友
不去管它是非曲直
历史本来就是一本戏

徐经幸还是不幸
几部《江阴县志》
只是夸奖你的才气
是非黑白
只在骚人墨客的笔记

唐寅幸还是不幸
中国画的画廊里
有了夜游的宫妃，簪花的仕女
一部《全明史》
多一声别具风韵的短笛
还有舞台上
一个你不认识的自己

1997.4

罱泥新曲

水利战场急需支援，
罱泥青年踏霜奔赴前线……
备肥的重担由谁来挑？
讨论会开到月过中天。

一伙老嫂子闯门而入，
拉着生产队长来到河边
只听一声"上！"
八方春风齐喝彩，
河上落下半爿！

头上白发虽然多了几茎，
壮志豪情却如同青年，
谁说妇女上船船要翻？
胸怀里有颗擒龙胆。

河泥船，只当是织布的梭子，
罱泥竿，只当是裁衣的刀剪，
罱网吞星吐月，剪裁着春光千里，
小船赶云驱雾，巧织着红霞万缎。

船沿拍动，
要掀起十月的滔滔稻浪；
网口张合，
要唤来三秋的座座金山。

晶亮的水珠在竹篙上直淌，
沉重的船身推涌着波澜，
不知哪个老嫂子脚敲舱板作伴奏，
一支罱泥新曲撒满朝阳辉耀的河面……

1975.3

田头小唱

一

晨光熹微照秧畈，
恰似粮仓天窗眼。
老农手挽新筲箕，
粒粒良种播丰年。

大自然春来姗姗迟，
悠扬春风溢胸间。
手臂撒开雁展翅，
金谷飘洒像把扇。

黄支红云开路走，
是天上早霞落秧田？
红支黄云随风扬，
是秧田色彩映上天？

太阳腾身出云层，
红艳艳大过蚕花匾；
春暖悄悄溶水温，
一滴一滴催芽现。

二

小妹昨夜下战书，

阿哥今朝应战急。
红花田里赛插秧，
好似赛跑一百米……

小妹栽秧鸡啄米，
阿哥鸟啼六棵齐。
你追我赶多利索，
一人一部"插秧机"！

汗珠跟着水珠落，
水波上面"走跳棋"；
一支秧苗一支笔，
砚取田水写春意。

阿哥到头缺把秧，
小妹偷偷送"友谊"。
小妹、阿哥谁第一？
只听满田笑声起。

1976.7

麦　花

开放了，美丽的麦花，
诞生了，百花中的小妹！
为什么粉蝶为她的开放而叹息？
为什么燕子为她的诞生而流泪？

她的生命是多么短促，
最长也只有 20 分钟的年岁。
粉蝶叹息，麦花自己为何不伤心？
燕子流泪，麦花自己反而笑微微？

"宝贵的生命只有一次，
但不能凭长短来定渺小宏伟，
我这二十分钟短短的一生，
给人类就留下了金黄的谷穗……"

粉蝶用她那美丽的翅膀，
燕子用她那灵巧的小嘴，
把麦花的故事编成歌舞演出，
人人都对麦花产生由衷的敬佩……

1979

蚕

沙沙、沙沙，小绵羊听得真不耐烦：
"这个宝宝，宠养得又懒又馋，
从黄昏不歇地吃到清晨，
从清晨不停地吃到傍晚……"

老绵羊听了小绵羊无知的讲话，
笑得嘴巴歪到了耳朵根边；
"孩子，请你说话轻些，
别把蚕宝宝的思绪惊乱。

"一片桑叶就是一张书页，
蚕宝宝正在把《纺织学》刻苦钻研，
这沙沙、沙沙的声音，
不正是宝宝在把书页轻翻？

"蚕宝宝日日夜夜攻读，
为的是要多吐丝多作贡献……"
小绵羊听罢急忙回到书房，
打开了《怎样增加羊毛生产》。

1979

红鲤的故事

碧绿的池塘里有条红鲤，
爸爸妈妈的话不很爱听。
妈妈说那是彩霞的倒影，
他偏说是姑娘掉在河里的头巾；
爸爸说那是映在水里的月亮，
他偏说是一块圆圆的烧饼。

爸爸妈妈谈起钓饵的危险，
他想这定是胡编着吓人，
目的是要他认真地钻研游泳技术，
不要和龟鳖们一起鬼混。
他说一天到晚的学习真正讨厌，
像是被一根又粗又长的绳子绑捆……

一天，他正在藻丛捉着迷藏，
水上悠悠垂下一条蚯蚓，
这蚯蚓他怎能知道是钓饵？
因为爸妈的告诫他半句也没听进。
他想蚯蚓像黑熊的脚掌一样鲜美，
难得碰上的好事，乐得开荤。

于是他把嘴张大用力一吞，
忽然一阵疼痛恰似剜心。

幸得水草牢牢的缠住尾巴，
否则早已结果了性命。
但是嘴巴上留下一个长长的豁口——
再大本事的医生也补不好这伤痕。

这一次危险的流血事件，
终于使他受到一次深刻的教训。
从此他不再淘气顽皮，
学习游泳更加认真。
一个豁嘴的鲤鱼公公，
把自己的故事讲听给子子孙孙……

1980

柳下屯跑马道

刚刚踏上跑马道，
我就在滚滚的尘土里寻觅；
奴隶刻下的脚印，
战马打下的蹄迹。

我从每把土里，
我从每抔泥里，
摸到的脚印还微微温暖，

看到的蹄迹还散发着汗气。

我想起了英雄柳下跖，
想起了九千赤脚奴隶，
在这里，日出日落，
结成一个战斗的集体……

天顶上飘动的每片云，
哪一片不曾被奴隶的大旗卷起；
草尖上走过的每丝风，
哪一丝没牵动过英雄的葛衣。

是这里奔腾而出的洪水，
冲击着井田制的岸堤；
是这里响起的霹雳，
震撼着奴隶制的统治体系。

站在这里，怎能不听见，
那一阵阵摇天动地的鼓鼙；
站在这里，怎能不看到，
黄风裹不住疾驰的马蹄。

透过历史的烟云，我看到跑马道，
越高山、曲曲弯弯、绳一样细，
过平川，一泻千里像一支箭，

哪里不是大泽乡，不是洪秀全的故里？

我心头也萦绕着一条跑马道，
它贯穿着亚非拉大陆的河流山脊，
路面上，夜夜是雷鸣电闪，
路上面呵，日日是风狂雨激！

1975

新队长新事

新队长上集镇运肥，
只因夜半赶路匆急，
干粮忘在枕边，
踏进面馆去充饥。

买了筹子靠窗坐，
收筹的胖子笑嘻嘻：
"听说你当上队长啦，
年纪轻轻有能力。

"喔，还听说你队经济作物收成好，
花生又好又便宜……"
说罢，端出一碗热汤面，

碧绿的小葱，橙黄的蛋皮。

队长听得眉头皱，
恨不得到清泉边去把耳朵洗，
一动筷，又发现两块熟肉藏碗底，
疑虑不由得从腹中涌起。

请来东桌的老伯伯，
他说碗里的油花没你密，
叫来西桌的小弟弟，
他说没有闻到什么肉腥气。

十万丈怒火压不住，
端起面碗，声似霹雳：
"资产阶级的歪风邪气，
休想吹弯贫下中农的背脊！"

那个昔日的胖老板，
猪肝红的脸上冷汗滴，
新队长斗志满胸怀，
脸比风霜厉。

面馆内外齐叫好，
一曲拒腐蚀的颂歌唱遍了小集，
都道是毛泽东思想育新人，

反修防修筑铁壁！

1975.5

李中林，1944 年出生，笔名李散，江阴市祝塘高级中学历史老师。出版有散文随笔集《祝塘九百岁》《英园读抄》《瓦瓮里的菜园》，小说《明朝的水缸》《梧滕记》，主编有《祝塘镇志》《景阳志》《建南志》。

俞也平

柳　絮

冬天里咽下的霜雪
三月，纷纷倾吐
于你暖如母爱的春风里

1992.3

音　乐

手指轻轻敲打阳光的声音
清纯而明亮，有金属的质地

是溪水有了思想，在琴弦上
流淌成一群跳跃的小鸟

你把世界上最优秀的语言全揉碎了
播在悠扬的风里——

从容吹向平原上正在融化的雪地

春天苏醒的全部过程
情绪淡淡洇化，清香浸透漫山遍野

雨点忽而飞溅，风勇敢地
奔跑出一种无畏的姿势和节奏……

是生命诞生时最新鲜的啼哭呵

是一枚贝壳合拢时宁静的微笑
波浪平和地呼吸着圣洁的水
信仰和灵魂向大海的深远处游动

哦，光明自心底缓缓张扬
你高举起美丽、宽容和力量

在海洋馆我看到了鱼的眼泪

无数穿着艳丽的鱼
被厚厚的玻璃，圈养于
投资者很透明的蔚蓝色箱体

远离家乡，一群来自海洋深处的鱼
一群被买卖成观赏的鱼

一群被剥夺了精神的鱼
一群已标签了死亡的鱼……

在这里，诸种方言集聚
它们相依为命
沉浮成一簇暂时活着的、大大小小的
很凌乱的标本

在这里，没有珊瑚或者水草
没有深海的宁静或者浪涛的喧嚣
也没有阳光，甚至没有冬夏的冷暖

在这里，它们失去亲情，失去自由
失去了自然和爱
连优美的转身也流露出对大海的思念

哦，一群误入樊笼，不幸的、美丽的鱼哟
我看到了你们无比忧伤的眼泪

2009.6

平凡生命的歌唱

匆匆来去，有些生命在流动中歌唱价值

如瀑布、河流，如奔腾不息的海……
默默无闻，有些生命则以寂寞表达思想
如山、泥土，如田埂上静静生长的草——
哦，我只有自己听得见自己的歌唱

歌唱吧，袒露灵魂
在温暖的阳光下让情绪自由绽放
摆动鲜嫩的语言，倾情表述风的形状
去反复诉说在这个季节里的得到、失去
以及痛苦、欢乐、爱和期望

田野的草丝并非为装点春天而存在
那是不屈生命在风雨中生长的平凡灵魂
——泥土托举起我蓬勃的形象
我愿以生生不息的绿色光芒
去照亮这片富饶的土地和可爱的村庄

2002.4

此刻，我没有忧伤

我是落叶，在秋风中飞翔
身下的每处地方全是归宿
都能容纳或者安放，我无需寻找方向

流尽最后一滴青春的血
生命才如此金黄……
我快乐舞出风的主张，没有忧伤

我的祖先都是这样交付生的手稿
尔后以秋的名义，风光地装饰
收获过后的野地、沟壑、山冈……

我会朽腐
但不会死亡——

我的灵魂将会重现春的枝头
迎着风雨，继续颂唱那些永恒的
泥土、水和金色的阳光……

1989.12

正在播谷的是我父亲

赤裸双脚，怀搂装满谷种的畚箕
父亲以他生动的步态
行走在乌亮光滑的秧田……
他表演着属于农民的技巧，表演有关季节

有关肥料，有关土地品质的一些细节

五月的阳光正在努力地描写
描写父亲挥动的手，很优美，很潇洒
很有力，有泥土的韵味
满把的谷种，湿漉漉
浸透他对粮食的理解和收获的含义

哦，父亲
我不正是您播撒出的种子么
接茬于这块肥沃的土地
默默地生长，生长出
庄稼人的希望和秋天里的风景……

（写于20世纪80年代农村分田到户后的第一个播种期）

深秋的谷穗

你慢慢弯下腰去
脉脉注视默默无言的泥土
似乎想对她说些什么

不巧有一阵风路过
你稍稍抬起身

又缓缓地摇了摇头

2016.10

田野草丝

一

终于获得自由的叶子
沿着田埂匆匆跑来跑去……
泥土问道，您忙个啥
他答得爽快，寻找去春天的路

二

望着自远处奔来的小溪
大海嗔道，看你，走得歪歪扭扭的
小溪扑向大海的怀抱
妈妈！找您，我走得急了

三

以为自己不需要泥土
鱼说，是水给了我自由
水说，不。我们活着
是靠了那些河岸、那些泥土

2005.11

秋里看一枚落叶的状态

此刻，大地很美，她无声飘落
金黄色的灵魂在稀薄的阳光里自由落体

秋风漫不经意走过
顺便与她打了好几次招呼

就在树根的不远处开始安静自己
她装饰成了一个季节应有的生命体征

能够如此宁静的解释只有一种
过去的季节里，她曾经不辱使命，迎风击雨

2016.10

雪

冬天里圣洁的精灵
被阳光说服，你悄悄地就走了
你走得和你来的时候是一样的清爽
一样的宁静、一样的轻盈

其实你没有走，你留下了——

正深入泥土，沿着庄稼根部

依照阳光的手势

努力攀向春天的高度……

2005.2

　　俞也平，1955 年 5 月出生于江阴文林的一个农民家庭。1973
年 1 月高中毕业回生产队务农。1976 年起进村办企业工作。1985
年 3 月加入中国共产党。1986 年 10 月起，先后担任村党支部书记，
镇党委宣传委员、副镇长，市史志办公室副主任等职。2015 年 6
月退休。20 世纪 80 年代开始业余诗歌创作。1983 年在县级刊物
发表第一篇作品，之后在《星星》诗刊、《中国散文诗》《无锡
日报》《江阴日报》等刊物陆续发表诗作百余首。1991 年由南京出
版社出版《田野草丝》诗集。有多篇作品分别获全国散文诗"回答
人生"大奖赛三等奖、江阴市陶白文学艺术奖三等奖等。进入 21
世纪后从事史志工作，先后主持或参与编纂《江阴年鉴》《江阴市
志（1988-2007）》《中共江阴历史（第二卷）》等史志著作二十余
部（卷）；有多篇业务论文在国家、省级刊物发表。

陈　酉

租房客

租住东安 338 弄
像一个寄居的螃蟹
把眼珠弹出门外
犹如三星堆纵目面具
在泥地下看世上几千年

2021

棉　花

3 月 25 日的中国棉花
硬得像钢针一般
涨知识了
田岗上雪白的土坷垃
居然能成世界炮弹

2021

珍　珠

借我一颗圆润的心
让我从容直达苦难
静静体味
觉行圆满的路径……

2000

陈酉，本名邬丽雅，江苏江阴人，中国作家协会会员，1957年出生。1982年毕业于苏州大学中文系。当过农民、教师、机关干部。写小说、诗歌，迄今发表和出版作品约三百万字。

李建华

雨花石

石头里有美颜
到南京能捡拾到
在山坡地的土垄里
一片茅草中
手就触摸上了一块坚硬的石头
一块奇异的鹅卵石

捡多了
你会对一片云彩河流山脉
或一朵梅花
去说话
是的，这里藏着一个谜底
专等你的破译

我来写诗
我就再也不会
将一旁的纪念碑看作是

微不足道的小事了
我知道
雨花石也不是偶然就有的

李建华，生于 1960 年，作品散见于《少年文艺》《扬子江诗刊》等。

南 岸

冬 桂

冬天的桂花黄
与雪对视
各执一词
我不该在此时盛开
桂花　这个季节
我在等邻近的腊梅
她的暗香

雪白　一夜之间
落满了你的枝头
对不起桂花
冷吗?
我在等　腊梅芬芳
她若开了
我即溶化
你我的约定
各执一词

这个冬季
都在等归宿

2017

给　S

某天
当诗与歌
成为无趣的笑谈
我的灵魂嗅到
地狱的味道
这穷尽的一生啊

远方的人
还在远方浪漫
自言自语的声音
隔空传来
想你了
每一刻都在想你
这是真的吗

我无言无声
诗歌早已远去
彩色的梦早已远去

心中的人啊
朋友
回来时
请带上一本好书

2020

白铁匠

久违了
与一声叹息
何其相似
竟同于生死
白铁匠与她小巧女人
一夜之间
消失

我时常想起　儿时
在你河边的铺子里
看清水流
看白色光
喝一碗温热的黄酒
听叮叮当当的敲打
傍晚　你和小巧女人

送我回家

多年之前
你匠心做的锅还在
与你一样厚实
多年以后
你居住的小区
树又高又大
花香草绿
人呢？

记得最后见你们
是在府前府后
小巧女人推着白铁匠
一直到了天边
仿佛
在那里　　等着
我们的相遇

2021

月带河

临水　　想起当年

早晨有雾气
盈盈
夜有明月
一闪一亮
静唱自己的歌

仅仅　数年
人群已布满街道
河水已劣迹斑斑
往年的自然流淌
成为遥远的梦
死去的鱼
睁着追风的双眼
你越来越瘦

我轻叹了一声

北坡上
静坐的老人
越来越少
无水可浴
无水可饮
无依无靠
无人问

往年的日子

年轻的梦

谁在寻

我生在北坡上

秀月带河

仿佛是刚出土的

一条腰带

2021

端　午
——致吴敏

已划了数千年

还在水上游荡

男人们已用尽一生的力

女人们在岸上哭喊

声音断断续续

泪水不止

流水不断

历史的漩涡

在原地追问

三闾大夫经何处

游鱼无声

两岸无声

空谷的回响

隐隐约约

有人看到

一注水冲天泣

清晨　老人出门

去码头

清洗往年的粽叶

孩子们仍在睡梦中

漂亮的龙船

待发

我醒来

看到一片积水

我一夜的梅雨

似曾相识

是呵

又是一个端午

2023年6月20日晨

南岸，1962年生，原名王一民，曾任南京汤山炮兵学院教官，江阴人。

庞　培

妈妈的遗容

一天上午我叩开所在地派出所的大门
一名女警，负责从户籍档案
找出并划去妈妈的姓名……
她楚楚动人
几乎像小镇的章子怡
从窗口接过那张死亡证明单时我突然
意识到她纤小手腕的未婚肉感——
她淡然一笑，就像平静的江水，波光粼粼
像连续数日的好天气
这名女警员白皙的手，保养良好
在妈妈的遗容上面，"啪哒！"一声盖下
大红的印章

2000年，2013年重改

父亲站在房门口

站在房门口的父亲
隔着遥远的年份
已经想不起来他的样子
之所以看见他
是因为这一刻我也站在房门口
望向客厅里我三岁的儿子

如果父亲这会儿站在这里
他眼里所见，一定不是
高楼、地砖的客厅，而是庭院、过道
天井，是县城老街的弄堂
是那里的河滩树荫
水乡拱桥，菜园耕地

他很少站立
他一辈子东奔西跑
简直不记得有什么空闲
除了睡觉，所有的时候都在走路
而我却仍然执拗地想起
一个站在房门口的父亲

他没有说什么
只是那样手扶门框，望着

就像这一刻的我，沉默中
望向我自己的这一五口之家
父亲从我的身体里穿过
步向我俩共同的老年

我三岁的儿子
摁下电视遥控器按钮，随着
儿歌的音量又唱又跳
这时候，父亲突然出现。久违的他
突然站在了房门口
爷孙三代，合而为一

我们都曾是站在房门口的父亲
我们也都从童年跌跌撞撞一路走来
从更自在、魔幻，到更加辛苦
到周围的环境完全不可理喻：
——今年因为疫情
我还没去过父母的坟地

2022

练习逃难

鲁迅曾说在南京读书时
遇一同学，读过严复的《天演论》之后
每天晚上，都要背着包袱
绕桌急走
问其原因，答曰：在练习逃难——
室内、桌子底下是无尽的中国

此回忆出自周作人
1949 年 1 月 27 日的乘火车经历
从南京到上海，车行 24 小时
全车厢人不吃不喝，只各自在暗处坐或站着
一声不吭。忘记了所有饮食便利
前一日，先生刚出老虎桥监狱

1949 年，已经 65 岁的周作人
是被尤氏父子从火车车窗口硬拽进去的
他没有练习好逃难
因此，到上海北站，他们雇了两辆三轮车
来到北四川路横滨桥的"福德里"
天已经完全黑了。这一天，正是
阴历戊子年的除夕夜

2022

新荒岛余生

他有海洋吗，
他没有海洋；
他有"礼拜五"吗，
他没有"礼拜五"。

但他仍然是鲁宾逊·克鲁索
中国版的

他有失事船只吗
他没有失事船只
他有四顾汪洋的岛屿吗
他没有岛屿

但他不仅四顾汪洋
且屡屡绝望

他随着黎明的众鸟醒来
浑身瑟缩着树叶和露珠
日子是海浪冲刷的一块礁石
时间是潮退的水沫

但他到 59 岁时想明白了这些（有点）
一天早晨，他从床上起来，自己一个人去了书房

他的国家在他 28 岁时，赶走了
斯图亚特王室了吗？他没有
他开办过砖瓦厂吗？之后又
为躲债离家，死在了异乡？他没有

但他身处在一个县城大小的孤岛
那个县城在中国

他做过小商人，蹲过监狱
破产多年，也被人看不起
他们只留给他一磅火药，等到
火药用完了，他就追捕山羊吗？他没有

但他完成了汉字版的荒岛求生
而且从未想到过用海水晒盐

他认识一个来自丹尼尔斯，或肯特郡
名字叫"丹尼尔·笛福"的人吗？他不认识
他发过财吗？人的一生无非是
做做穷人和发财，他不是

他的老家是德国不来梅地方的人吗？来到
英国后，起初住在赫尔城？后出生在约克郡？
他有两个哥哥吗？从幼小的时候

脑子里便充满遨游四海的念头?

但他整个儿是一个荒岛余生记
他的孤岛是一处江南县城

"一个人只是呆呆地坐着,空想自己
所得不到的东西,是没有用的。
"倘使天气继续这样良好,我一定可以
把整只船一块一块地搬到岸上来。"①

注①:节引自《鲁宾逊漂流记》一书。

2022

空　地

我的房间其实是块空地
周围并没有人,居民
更无人在一个下午倚窗
看书。或许
我看的书是片片落叶

我曾在这里驻足
因为一阵风而停留片刻

意识到房间和空地无异

生长花草树木

也生长着人

没有人的空地上

长着几棵树

说不定草丛中有块墓碑

透过慢慢落下去的夕阳

我和死亡为伍，已有经年

窗户，往事，浩瀚人世

这些都像森林般肃穆

都如同一本本书，被遗忘时的整齐排列

荒芜了的诗句参次不齐

傍晚慢慢地来了

2022

无　锡

对于江阴人来说

无锡就是月球

就是每晚升起的月亮

月球的另一面：荒凉、坑洼

那里曾经的西神山、太湖、梁溪

那里的旧戏台，七勿老牵

崇安寺的锣鼓，一斫斩齐

映月湖和九里河

那里黑暗的荣巷

如今我居住在月球上

偶尔降临凡间，贪恋红尘

到三万昌茶馆，吃吃葱焖豆子

逛逛尊贤祠，新生路一号

听路人讲讲梅园积雪

瞎子阿炳的二胡

彭玉麟路斩红鼻头

金兀术被困黄天荡

那里的二月初八冻狗肉

那里的"船过梁溪莫拍曲"

宛山荡，甘露寺，青荡湖

就像宇航员通过民国封闭的舷窗

在茫茫太空深处漂浮

我从严家桥的光辉中

慢慢进入锡剧《珍珠塔》

重温母亲钟爱了一生的唱段

我像星星般环绕这份"诸恶莫作"

波光粼粼人间的慈爱

看到童年的我，在地面冉冉升空

早在未成年之前，这里就是

遍布山麓的巍峨古祠堂群了

华孝子祠。至德祠。尤文简公祠

钱武肃王祠。留耕草堂祠。顾可久祠

王恩绶祠。杨藕芳祠。淮湘昭忠祠……

临街、近泉、靠山、沿河

星罗棋布的运河古巷

红灯笼照亮菱角上市季的太湖船菜

生查子中的万里同酬

少女般袅袅婷婷

洞虚宫，雷尊殿，真武庙

吾邑最大之山曰惠山，古称历山，后有

西城僧人慧照居此，亦曰慧山

其脉宛转，历天目而来，至是峰九起

又曰九龙山

民国 21 年，从钱穆《八十忆双亲》中

举步跨出

无锡城：南门豆腐北门虾，西门柴担密如麻

只有东门无甚卖，葫芦茄子及生瓜

一月西门闭不开，西山柴担不能来

人家器物皆烧尽，烧到尚书柏木台

……我一句句、一段段地往下听

就像老年纪人想听街上的说书

把耳朵贴在床沿、板壁听弄堂壁脚

我这一生，我的父亲、母亲、爷爷、奶奶

恍若一场漫长的登月旅行

朝着老家江阴之外的无锡

南京。上海。苏州……

全家登月舱的名字叫："望亭"

那里有我一个同父异母

大我十四岁的亲姐姐

1967年插队的回乡知青

那时候到望亭，先要坐船往羊尖

一轮明月静静地照耀

四十年前的无锡婚礼。寄畅园

黄埠墩。天丰客栈。惠山浜

我很少再有记忆

大老老。木硌硌。失撇。空朝

贼骨牵牵。下昼心。醒拉

芙蓉山，山体荡平，无复旧观矣

我是土生土长的江阴人，北门人

小辰光坐轮船去无锡，要坐半日天

无锡城就在一名孩童

瞭望世界的烟雨上空，古木蓊然

郁郁葱葱

有土垅随田园转，宛若弹丸

青石残件，赫然在目

天上一轮明月升起

人间世代江河奔流

2023

月球漫步

一个人静静地躺在黑暗中
一定程度上
是在月球漫步

他们开始争吵
在月亮上争吵
然后身子靠过去

在"文革"时，一个人被当众揪斗
胸前挂着大木牌：
"我犯了只想听得见年青的呼吸罪！"

凹凸不平的地表
尘埃遍布中漫步
在月球漫步

2023

往　事

我曾在一间阴暗的旧宅
等女友下班回来

我烧了几样拿手的小菜
有她欢喜吃的小鱼、豆芽
我用新鲜的青椒
做呛口的佐料
放好了两人的碗筷

可是——岁月流逝
周围的夜色抢在了亲爱的人的
脚步前面

如今
在那餐桌另一头
只剩下漫漫长夜
而我的手上还能闻到
砧板上的鱼腥气……
我赶紧别转过脸
到厨房的水池，摸黑把手洗净

悲　歌

人生真苦啊！
我没想到会这么苦
雨不停地下……
我已不能够爱，也不能够

不爱
（你心里面那张脸……）
哦，雨雾白茫茫……
你刚被一个梦惊醒
我也刚从坟墓中坐起来
噢！爱情
一边是坟墓，一边是摇篮！

雨，2005

雨落下来
我听见她的秀发的声音
就好像她在一间屋子里
挨我挨得很近……

突然——时隔数年
我明白了我的无辜：
我们之间没有结局
只有雨

2005

如　意

虽然我长大了，我的童年还在
每一次熄灯，入眠
我重又在黑暗中
挨近儿时称心的睡眠
边上糊了报纸的板壁
油灯，稻柴草
以及灯光的暗影中放大了数倍
白天听来的《三国志》……
世界如此古老。英雄们仍在旷野中
擂鼓厮杀，列队出阵
长夜如同一面猎猎作响的战旗
战旗之下，是我年幼而骄傲的
童年。姆妈用嘴唇拭了拭
我额角的体温

2007，2010年重改

琴　童

我在黑暗中上着
我永远未能去上的钢琴课
我缺乏这样的窗明几亮

没有这样的童年

斯大林、毛泽东
替代了舒曼、格什温……
一张街边打口碟
摸索着 C 小调的愿望

在新疆大学
黄昏的校工宿舍
一名退休的音乐系
女教师，会讲俄语

她背过身去弹琴
我突然觉得面熟
突然觉得自己年轻
甚至，是名琴童……

一连串晶莹的和声中
我被轻轻抱上琴凳
另一个我，正从雅那切克
秋天的旋律，步向落英缤纷的远方

……夕阳西落
我这里仍旧是清晨
吹拂的晨风在我心底

反复温习昨晚的练习曲

2013.7.16，记一桩十四年前旧事

大理街头（银箔泉歌）

风从洱海吹来
街道已被一对情人
彼此的寻觅磨损

碎银般的树林。旅舍床架子
吱嘎响
体形斑斓的花季少女，沿滇藏线直下
在一个干燥多风的
午后，来到大理
在人民路上，她看到其中的一个是她自己
她看到记忆的橱窗，里面陈列有陌生
背包客，皴裂发黑的喜悦
在高原的心跳处
背靠居民的石墙，停下
扎染的心情，各种小摆件
耳环叮当，如远方
积雪的山脊

这一刻，青春是一笔花光了的古老盘缠
沿途兑换的缅币、泰铢
大殿格子门中间的窗壁
雕刻有白兔春药、金鸡啼晓和
宇宙万物图
这一刻，她累了
她的眼眸里有古南诏国的忧伤

……我看见她坐在街边上
不，是蜷缩！
仿佛她的身子
是露天可折叠的家
在她流浪的膝下
云南，是一小块摊开的头巾

                    2014年3月30日写于大理银箔泉

人世之歌
——赠陈东东

树和树相互弹奏
很久以前的一场雨
淅淅沥沥落下
但此刻明亮的光

长出嫩叶新枝

新的记忆

聚拢小路尽头

叶脉图案生成

离别的衣襟

没有人弹吉他

没有年轻貌美的恋人

万物沉寂的湖面

南与北。昼夜

仿佛乐器店的陈列柜

安放着琴谱，碎裂人心

尼龙或钢丝的涟漪

一名小提琴手的际遇

在黄昏的天际浮现

耳朵和节拍器

相互推诿

繁密的雨声

此刻如种子般尖锐

人的眼睛……

哦人的眼睛仿佛安静的座席

2014

古老的家庭

我的童年像一堆旷野上的篝火
风呼呼吹，父亲添柴
哥哥把火苗聚旺
妈妈准备食物
趁着星光，我到远处溪流边
提水

远远地，回头张望
一家人像明亮的火焰，照彻夜空
许多的火星飞溅。夜风中
河流和森林低语：
这黑暗的大地是一个节日
亲人们是其中永恒的生命

2016

饮尽长夜这一杯

早晨醒来，感觉生命这一杯
干了
但还能够在夏天的枝梢
舔一口露滴

润润回忆的喉咙

在鸟鸣声中

饮尽长夜这一杯

2023

清晨的江面

如果你出门，你就是霞光

你就是夜在甲板上卸下湿漉漉的浪

岸滩上芦苇青青

你是那微风的乘客

轮船波光粼粼

锈蚀的锚链垂落江天一色

你是那嘈杂微醺的晨雾

自远方升起

——如果你出门，你就是清晨的江面

2014

马在黑夜里的样子

深夜，大海的优美

打动着水手
树身上有飘逝的白云
明亮如母亲怀抱中
婴儿不足月的吁告

有谁走近过马在黑夜里的样子
漆黑房子里的窗帘
森林草场般静静伫立
岁月奋蹄扬鞭
人在睡梦中一无所闻

白天，马挨近一名游客，用它流涎的牙口
鼻子轻蹭他的肩膀、手臂
游客一时惊恐，为他的老年
为他的生而为人羞愧不已
离开景区，他不知道那匹马去了哪里

那匹深棕色、大约两岁的小马驹
去了哪里？
有谁能够告诉他，告诉我
群山和森林共生的奥秘和热血
人在大自然中的惊心动魄？

马和人一样，在细雨迷蒙中
窸窸窣窣地摸索

在彼此靠拢的一刹那，两种生命
人和动物似乎可以舐吃亲昵
彼此依靠，或互换

然而，唯有人身上不断掉落的头发
丢弃的日记，呼啸的星象云图
唯有汹涌的大海，被滩涂侵蚀
否则，你用什么眼睛，可能看见
马在黑夜里的样子？

——那匹马去了哪里？
岁月直立，起伏，奋蹄扬鞭
而骑手却缥缈杳无
白天的游览结束以后，试问：有谁

谁还记得我曾温柔遇见过你，遇见过这匹马？

在稻城骑马

有一年夏天
在稻城骑马
有一个很大的山坡

这一段经历被我遗忘了

这会儿，时隔数年
不等于真的能完全记起

首先，马的样子没有了
周围的牧民、同伴
轻飘飘的。想不起来了

我怎样骑在马上
风怎样吹过我的脸
马怎样时而快疾，时而缓步

至少，我的身子底下
感觉不到那匹马了
似乎，我离开人世已久矣

那匹马就像一朵云
驮着我入深山

山路崎岖而荒凉
在稻城骑马
山上云雾缭绕

2020

田野静悄悄

——赠杨键

我知道，我人生的尽头不过是
某地乡村的暗夜

身为中国人，我一定被葬在
曾经埋过我的旧坟地
我一定是被遗忘的汉字
一定是树林起风
星夜荒凉。流落异乡
用旅行者身临其境的
皑皑雪峰向来世回望
我所亲历的江湖传奇
是戈壁瀚海从未打开过的洞窟
流沙以一千年前的风声
贯穿今晚的月亮
——我方块字的额头久已破碎
田野静悄悄
夜晚，翻动我枕边书页的
不过是溯河流而动
无名死者的墓碑

2021

无声的中国

有一天
我睡不着
我的身边躺着一个无声的中国

有一年
我去看成吉思汗墓
那里有一个无声的中国

我去草原上看河流
河水蜿蜒成萋萋的骏马
我在长城上望北方
烽火台升腾起无垠的戈壁

随即大雨倾盆
我轻掩房门
走向客厅里的飓风

我知道
家具、电视柜七零八落
阳台门一脸茫然
被闪电照穿

我身上的雨水是中国

我浑身上下都赤裸着

我无处不在哭泣

无处不是泪

之后。（有一次）

我点了一支烟

打火机吓了我一跳

加拿大民歌《红河谷》

少年时

我用手抄本抄写

加拿大民歌《红河谷》

那些人正骑着马

穿越过荒野

子弹在射出枪筒很久以后

已锈蚀冰冷

河谷潺潺的水流，已镌刻下

流浪者的一宿到天亮

我不时地从我的笔端

掉落下来印第安群落和淘金者

班卓琴声颠簸的热血

马车流转久远的悠扬

中年时，我喝着酒
常和老友们唱着它
一遍遍地怀念
一次次地回想

背后有匹白马
用它长长、温顺的马颈摩抚我后背
庄园泥泞的围场中央
火车头冲破了传奇的大风雪

在一行英文字母上
我吹起了口琴
我坐在了泪水和回乡的游子们
在育空河谷噙满的泪光中
那是狂野对上了质朴

我用一句歌词
只用一句歌词
就跟亲爱的人对上了暗号
——命运殊途同归者
我轻轻地哼唱起它

2021

回忆二十年前

一个人坐下来
回忆二十年前

有一次我掀开一名死者
盖住他脸部那块白色殓布
他看起来像是在享受
他的二十年前

房间安静
像二十年前
街上的行人
孤单一如二十年前

树林像是在二十年前的
郊区
落下来的雨。红色砂土
空地凋零的别墅区

我不说话的时候
好像正试着说出一句二十年前的话
那年我乘火车
从新疆，从乌鲁木齐回来
我随身行李中（放置在火车

行李架上）有一把二十年前的吉他

整个上午，吉他
弹奏一段高原的探戈
旋律如梦如幻
只是我们听不见

音乐中的尘土
诗歌里的清醒
河流上的困倦
时间真情的吐露

桌上的一支笔
一动不动
好像放在那里二十年了
一动不动

2020

又一种黑暗

我要把卡瓦菲斯重读
我还要重读叶芝
值得重读的诗篇很多

也许更多
又一种黑暗

罗伯特 · 彭斯
苏格兰高地
雨果，还有格蕾菲斯
那里的战争。"咚咚"响的战鼓
我要重新领悟诗中的友谊

别离把一个个世代刺穿
但诗人的心把生命连缀
值得回顾的还有诗人的脸庞
又一种黑暗
只剩下了眼睛

2020

海浪之歌

刚才的那一阵风
从我桌上吹过
一定是到树林里去了吧
也许去了海边
因为我窗户的外面

住了很多人家的街道、小区
从前是海啊
风大概在我的嘴唇上
寻觅到了荒原般的盐粒
我的手机响了，但不重要
我等着另一阵风，无声无息
千变万化地吹过
因为我是房间里的海浪
海浪是从前的我啊

2020

报春鸟

黄昏时有一种鸟
仿佛溪流浸溅的金子
连我书房的窗户也闭上眼睛
因为只有闭眼的瞬间
才能捕捉那鸟的光亮

——逝去了，夹在众多卵石、泥沙中的
光阴碎金！
没有多少白天能够证明你的存在
没有多少黑夜享有你的温馨

当夕阳西下，如同蒙古大军的帐篷！

那是早春的天气
黄金从天空飞过。美丽的绿树林
群山、荒野在一派蛮荒的人世间
屏息凝神。人不在这凝神的行列
虽然灵魂偶尔也呼吸，也振翅飞翔

潺湲的油菜花田、柳树和简陋的
村舍，它们的耳语披上了春装
我知道寂静的飞鸟最终成形于大地的
幽暗岩层需要流浪者最隐秘的去向
我也知道溪流之上，去年的积雪

2020

人　世

她把拐杖头上的手柄
伸出窗口，老态龙钟
撑起临街挑开的木窗
我正从窗下走过
我俩四目以对
只一瞬间，我就看出

她已瘫痪在床多时
倚靠一只受惊吓的藤椅
慢慢在屋子里过活
每天，就像囚犯放风，她有自己
固定开窗的时间
我碰巧走进这段时间，这个
古镇灰色转动的河流眼珠
悲伤执拗，满头银发，一言不发
正在告别这世上像我这样
同样执拗、悲伤的行人

2018

郊区的刑场

大约三十年前，县城边上
有一片山脚下的树林
是过去枪决人犯处
我从边上走过，迟疑、慌张
因为那里极度的安静

进入茂密树丛，前方
空地阴森森。尽头
一座悬崖

地上的土坑深浅不一
连鸟儿也远远地躲开

在这里，我的散步
变得怯懦；身体
好像被灭口，被回忆掏空
我好奇的脚步，像猝不及防
射出的子弹，带来剧痛……

没过几年，南北两岸
建造长江大桥。工程队进驻
这片空地矗立起喧嚣的
水泥引桥。山体做了桥墩
昔日的刑场，已成高速公路入口

2011

星

天黑得好像我已下楼散步
好像这个春天多年以后仍旧
值得回忆
窗外一派湛蓝
逐渐转暗成黑蓝

之后一动不动
成为夜空之蓝，适宜最邈远的
闪耀的星星

我的消逝
我在世上任何经历
都已不为人知
如果我曾有过一次爱情，那么
也像一颗可能的星星在这个春夜
那么小，迟至夜半闪亮
但不确定。它那淡漠的一吻之下
没有任何人类的田野，或人类的眼睛

2021

被遗忘的故事

我好像是一条弄堂
没有人家
晨雾悄悄地漫上来
我赤了膊
睡在露天的门板
我睡着了
但差点被自己绊倒

鸟儿七嘴八舌

喊向河对岸

"醒啦，醒了……"

好像我在大洪水中顺流而下

侥幸生还

我活过了黎明

露出了夏天的

土坯砖瓦

睡眼惺忪

听挑着菜担的乡民

摸黑歇脚

我是县城最老的角落

我好像天蒙蒙亮

我好像煤球店、酱坊、杀牛场

我身上有一个童年

一对恩爱小夫妻

不愿醒来

我好像被房门推了推

我"吱呀"一声走远了

（天空有鸟飞过

"行不得呀，哥哥——"）

2017

长夜将尽

在江西省
一条不知名的山路上
走着多年以前的我

我独自一人
沿着一边是山崖、一边是田野
杜鹃花开的天气行走

我走出空气中的鸟鸣
走出油菜花，走出乡野徽派的门楼
溪水潺潺的午后

我走出我的身躯
终老于这一刻的光辉
脱离了称之为白昼的那个黑夜

世上一切的旅行
都是长夜将尽
芬芳而馥郁

2020

秋夜赠赵雪松

屋子仿佛黑暗中的手掌
能够握到晚风
我也被握在它手中
窗外星空。书籍的手
轻轻的一行诗
以及诗中的叹息

我被一个朋友的名字握住
寂静的秋夜（从窗前吹来）
如同大江南北
长江、黄河
两个男人之间
最初的友谊

2018.9.15

车过柳园

清晨火车停靠柳园
停车 6 分钟
十年前一对相爱的人
途经此地

已了无印迹

周围浅黑的沙碛

一望无际的戈壁

爱情的荒凉夺眶而出

爱情，一定比这辽阔的荒凉

更辽阔，空气更清新

天空幼小晶莹

往事缓缓离站

一列火车正孤零零穿越

这爱情的戈壁滩

2009

庞培，1962 年 12 月出生于江阴北门，20 世纪 80 年代初开始写作。1985 年发表小说处女作，其后发表诗歌，编辑《北门杂志》及其他民刊；做过电焊工、车工、起重机工、泥瓦工、杂志社编辑、记者；开过书店、咖啡馆、文艺沙龙。1997 年出版第一本书《低语》。参加《诗刊》社第十四届"青春诗会"。有著作二十余部，诗集四部问世。诗作获 1995 年首届刘丽安诗歌奖、第六届柔刚诗歌奖、第四届张枣诗歌奖，散文曾获第二届孙犁奖。

布鲁斯

紫葡萄

喜爱那种饱满的紫色
里面藏满甜蜜果汁
每一次舌尖上舔着快乐
总会回忆起初恋的情绪

一团团，一球球的紫色
沉默地聚集在一道
像一次隆重的纪念仪式
散发着浓郁醇香和迷人色彩
每一颗葡萄似乎相互熟悉
又似乎互不相识

哦，涂上神秘紫颜色的嘴唇
渴望另一个红唇的亲密交流
多像紫葡萄和红葡萄
绿藤叶下面偶然的邂逅
热烈拥抱下渐渐走向成熟

女狙击手

隐伏是一种战斗方式
在草地，山丘，战壕
忍耐又是另一种生存手段
屏住呼吸，匍匐前进
等待最后一击

星空如同你深邃眼睛
落叶轻抚你曲线般的身体
枪口瞄准镜里，或许有你曾经的运动射击队队友
那个曾经强盛的帝国雪崩一样消失
现在互为对手用子弹对话

母亲，诗人，狙击手等诸多名词
包裹着一个中心名词——祖国
纯洁而又充满血腥味
卫国才能保护家园

你的诗集扉叶上没有签名
写满了已射杀敌人的数字
微风吹开了几行诗句
"很多事情可以重述，细节在地狱里
这个过程很特别，在那个时候……"①

注①：引号部分诗句来自于乌克兰诗人、女狙击手奥莱娜·比洛泽斯卡（Olene Bilozensks）的诗集。

布鲁斯，本名朱亚光，1962 年生，江苏江阴人，独立写作者，写诗、评诗、译诗，作品散见于报刊杂志和各类选本以及新媒体平台。

洪　桦

江头海尾

小时候我问妈妈,
江的尽头是什么?
妈妈说是海。
海的尽头是什么?
妈妈说是江。
那江海的尽头是什么?
妈妈说当然是江阴,
江尾海头早成了他名片。

我问妈妈
江阴的尽头是什么?
妈妈竟然摇头说不知道。
我对妈妈说,
如果你问我说不知道,
你会说我是个笨花
今天你说不知道
那我叫你什么?

妈妈愣了愣答道，
那就叫我一朵浪花。

2021.6

相　望

月球上的黑夜
没有一颗星星陪伴
举目蓝色的地球
只存漫长的孤独还有迷茫

地球上的黑夜
头顶还有星光闪烁
眺望着挂在空中的月亮
去迎接晨曦后又一个艳阳

月球和地球
一条沟壑布满泥流
有缘光遇相望
却始终无法牵手

2021.3

写给锡澄运河

因为扬子江畔
给了长长的热吻
所以春暖花开
心心念念
随时间轮回
让数不清的牵挂
守护
这横贯古今的长线

风，掠过
倾不尽的情话绵绵
涛，奔涌
不停歇的豪迈脚步
接受着千年宠爱
惊鸿一瞥
蓝天下的惦记
让你依然波光粼粼

2021.5

题鲁光先生《晨牧图》

在一幅晨牧图里，
我分明闻到
一缕缕泥土的芬芳，
游走在田间地头，
把我的心情彻底灌醉。

燕子掠过碧净的天空，
让村路插上翅膀去放飞，
这希望的奶香呀，
馈赠给那可爱的故乡。
太阳已经露出了微笑
打着招呼
告诉大地母亲，
播撒出去的种子，
不仅仅秋天才能得到收获。

好想问一问
有谁能够彻底读懂它？
是否诗情洋溢地——
为晨曦中放牧的小女孩，
谱写一首好听的歌谣。

2021.12

看 戏

我们在台下看戏
你们在台上演戏
久违的帷幕还未拉开
时间就把空间彻底凝固

我们从戏里走到了戏外
你们从戏外走到了戏内
我们把等待当成了休闲
你们把演戏当成了职业

只有当帷幕轻轻推开
才知道里面的和外面的
都呼吸着同样的气息
不管是欢乐和痛苦

不管是喜悦与伤悲
在我们和你们的眼睛里
早就涌出——
说不清道不明的点滴泪花

2022.1

流浪的故乡

梦见从前的母亲
又一次让我回到从前
我要去外面闯荡
母亲一直送我出村口
小路是我的脐带
养我长大
难分难舍的牵挂啊
无论海角天涯

梦见从前的母亲
知道已无法再回从前
如今我披着风霜到家
母亲早就进了坟墓
烟囱做成的标牌
冒着寒流
云遮雾障的影子里
加上泪痕两行

在破碎的梦中流浪
送我出老村口的母亲
躲进四维空间藏起猫猫
也许就在某一天里
蓦然地把我拥抱

让我回到从前
听到一丝丝爱的唠叨

梦见了从前的母亲啊
我要把所有的"从前"
打成包裹做快递
却不知道地址
寄向何地？何方

2020.8

旧棉袄

一盏小油灯
录下的背影清清瘦瘦
不知谁送的斜襟旧棉袄
改改缝缝补了又补
迎接又一个春天的到来
与我一起长高

豆光闪烁
陪我说一段话语
驱赶长夜里的孤独
翻开旧课本

重闻芬芳年味

飘然入梦

就怕开学第一堂体育课

外套里的老棉袄露馅

让同学们笑作一团

难忘斜襟棉袄

单薄破旧

把整个冬日拥抱

线儿密密串串

那是繁星一颗一颗

心间照耀

2018.5

光

一束光影

一条长长的印记

镌刻在苍茫大地上

这是希望的光

这是未来的光

这是力量的光

耀眼得缤纷五彩

无法想象——
突然消失的日子
在没有光的时间里
所有的色彩都是黑色
看不见天
看不见地
看不见自己

2023.3

　　洪桦，江苏江阴人，1964 年 7 月出生。中华诗词学会会员，中国楹联学会会员，中国扇子艺术学会会员，喜文从商，2007 年出版散文集《充实之谓美》（作家出版社）。

黄小曼

问　你

你现在好吗
你现在是不是已放倒了所有高举的词汇

你现在累吗
你现在彳亍的神经是否被霜雪侵袭得失去了触觉

你现在渴吗
你现在离我固守的城堡是咫尺之距还是千里之遥

你现在悔吗
你现在的笑容还是会问旧照上的笑容哪个才是真实的我

你想问我吗
你现在所有的心情比得过你头顶漫天翻腾的乌云么

2021.9

爱在问路

从一条嘈杂的街口窜出
你孤立于十字形的路口　爱掩着面
在问路

问一个叫售茶叶蛋的老太
含混不清的卷音使爱愣了片刻
满锅的变色又变味的化石鸟卵
一下子想起了又一个濒危的物种

问一个在路边匆匆而过的过客
大包　小包　布包　皮包　全都充斥
一个从外星传来的秘密使者的咒语
渔夫与魔鬼的故事又向腥躁的地球刮来海风

问一辆伸着鸟翼轻快滑翔的玻璃跑车
爱发现一个姑娘的心脏舔犊着满腹污秽
不食人的鸟儿　不贪欲的鸟儿
今日的目的地就是"天堂一号"
姑娘需要开膛清洗

问一个长满鲜花蹒跚而行的小童
她刹时掏出一把祖传的啸风宝剑
说要杀回自己的老家——楼兰城堡

大人骗小孩的把戏　　她对影视剧这样评价

从一条静谧的街道走过
再到另一条静谧的街道
你幻想于十字形的路口
爱露着面　　腹中的一行文字
砰然撞向地球　　旋转为此
暂停三秒　　因为
自己已成为地球上唯一的活物

2015.3

致打工者

一只鸟驮来
一片树叶
然后抛下你
又转身离去

窗外的白云离妈妈的脸蛋很近很近
她正躲在跳跃的楼层后面向你张望

你的土地曾是又黄又瘦
土地上的根痛了又痛

一支秃桠在哭泣
殉葬的树叶　化为又一抔泥土

你的双脚在彩砖上旋转出一个个奇妙的图案
可记得多少年前自己把它想了又想画了又描

你的轻微连一阵风
都能吹动
断裂的叶脉　结痂的伤口
被再次揭开　你忍痛
寻找又一条鲜活的根
来打通与母亲的电话

此后　我走过喧哗中每一株葱郁的树木
都会看到你的眼睛

1996.8

题霞客母子塑像

我一直在想　没有她
就没有他今天的光芒

纤纤金莲跨越了

千年积蓄的长发

孕育出一个诡异的神胎

求仙道上疯狂念经

拜师口里虔诚锥心一片虎胆终为　心照山川

清水塘畔水连山

胜水桥下山返水

一个柔弱的脊背驮满了

他走过的一切足印

呵　一个说不出名字的母亲

一个又有响亮名字的母亲

有人已深深地记住了

你的面容　你的眉目

还有那曾托起太阳的双手

1996.4

一碗甜酒汤

桌上的汤凉了

它已是多年以前的摆设

是你　不经意间把它重温

我无望的双眸慢慢接近

那残留的一丝滋味

不喝　也不品

是甜是苦
难分辨

人走了　又留着
旧时朔风还吹么
还有半弦月
待到小径不胜寒
更还一碗甜酒汤
记得否

1999.11

　　黄小曼，1965 年 4 月出生，江阴长寿人，是一个已退休闲在家的乡村主妇。零零星星地写下一点文字，记录生活的点点滴滴，既是自娱自乐，也是为充实自己的内涵。手执烟火求生活，胸怀诗意觅远方，这个是最好的愿望了。

未 冬

情人节

应该有一些忧伤　在眼中
起风的时候　背靠黄昏

应该有一件风衣　灰色的
起风的时候　竖起衣领

你走来的清晨　不要留恋什么
你离开的清晨　不要留恋什么

拥抱所有的相同　在雨中
拥抱所有的不同　在雨中

不要因为常常跑调
就简单地放弃这首歌

我的情人

在镜子里

在镜子里
我　看着我们
夏日的夜晚
像啤酒的泡沫
到现在仍不断上涌
你在我怀里的时候
我就开始思念了

再画一个美妆吧
让我的眼睛幸福
那个遥远的城市
是我深夜游走的地方

再给我一支烟吧
烟雾里可以回到你的身边
那首我们喜欢的歌
我一直在唱

琳　达

下雨了
你没有带伞

我的手指有些紧张

你笑得很甜

河水很静

远处是你爱听的音乐

闪动的双眸

需要仔细地倾听

于是　我开始向你走近

雨却停了

我转过身

长发就飘到尽头

这一刻天空里什么也没有

听钢琴曲《船歌》

闭上眼睛

河水有了新的流向

俄罗斯的风很远

俄罗斯的风有些凉

俄罗斯的风吹过水面

俄罗斯的风慢慢地开始颤动

四周没有人

他们都在岸上

小船轻轻地摇晃

没有月亮

姑娘偷偷看了你一眼

这个世界便很温柔

没有人知道

这一刻　是

某年　某月

　　末冬，1966 年 10 月生。江苏江阴人。总是在音乐和酒里纠
缠，一个背着月光、行色匆匆的赶路人。

雯　清

洪水、高考及其他

水以漫上江堤的方式
宣告这个季节以"丰梅"的形式存在
裹挟的几截枯木几朵浮萍
是从洞庭飘来的悲伤？
冷涡纠缠出的雨带
一厢情愿
和綦江、乌江、清江缠绵
落进长江
成浑浊的狞笑

天空在抖动
大团的乌云
酝酿着暴雨的红色预警
似几万只看不见的手在挥舞
一如那股盘上涨停的红线
歌谣不再
莫名的撕裂　慌悸

有鱼跳出水面

哗啦啦……

是短促窒息的痛

躲在石缝里产籽的虾，脱壳的虾

交流着不安的眼神

惊恐，不仅仅是梅雨带上的你

还有那从死神身边破窗游出来的男生

本来他要去考试

蝉的空鸣探头探脑

打捞着不安

有气无力

嚣张的信息是绕绕团团的筋络

在杂乱里理不出澄明

睁着的、闭着的眼睛

都看不到阿尔卑斯山的雪　红了

意外和不意外

一场又一场

独木桥上挤着的试卷

一片空白

一个个卑微的个体

答案成未来可以挥霍的记忆

缓缓写着　我们那年的高考……

画春天

刮刀上，一陀黑灰色的颜料
不小心掉落
挂下去
在画面空白处　定格
像极了小时候叫吊死鬼的皮虫
它有一个正式的名字叫蓑蛾
画面上正姹紫嫣红开着春天
吐丝悬挂在树枝上
皮虫也是需要荡着春风的

麓过杂货铺

小区门口
有一家叫"麓过"的杂货铺
是老少娘娘们的情报交通枢纽站
申港的网红街上站立起了一家分铺
话题、八卦、里短家长
是三年来绝不出卖的杂货
揉进红枣、核桃、麦芽糖
还有嘎嘎大笑

吊挂的各式衣物上，羊绒或内搭

都沾着甜腻腻的狂欢、观望
每个人手上画着莲花胶囊串成的手镯
笑嘻嘻地抚阖上夜窥探的眼睛
走，统统回家吃糖去

每个人都参与，熬的、揉的、切的、包装的
真真切切的手工糖

雯清，本名陆文勤，生于 1967 年，江阴人。无锡市作家协会
副主席，江阴市作家协会主席。作品发表在《钟山》《芒种》《新华
日报》《太湖》等期刊。已出版散文集《清水浮香》《心底花开》《拥
山河入怀》《秋山浅笑》。

金 彪

致我越来越小的母亲

佛珠在手中
嘴里喃喃语
我知道，一定是阿弥陀佛
母亲不识字，但很会念经
只此一句

阿弥陀佛，保佑我的母亲吧
她不听任何人的劝，像孩子那样
只愿意蹲在挂着父亲遗像的房间
不停地玩转佛珠
不管屋外面的春夏秋冬
也不顾窗外的风风雨雨

念出来的阿弥陀佛像唱歌
我也习惯了那种妙不可言的音律
阿弥陀佛，真好听
我相信佛祖与众神一定早已听见

否则父亲不会在镜中一直微笑
而母亲，也总是那么安宁着小

越来越老的母亲，老得渐像一句经文
越来越小的母亲，小得像一粒掌中珠

2016

祭　父

与矮下去的秋一起来看你
而你在更低处

你不再抽我送上的卷烟
没有了一串香烟的陪伴，风也寂寞

带来的一束菊花与酒，纯属多余
只留下你给我的体温

无法站立的我向你叩首
仿佛听见你一连摇着手说：罢了，罢了

我用尽力气劫持一滴泪的奔突
不只是你如山的宁静，不容惊扰

捧着一粒露珠里的曙光与你道别
比墓碑还沉默的你，依然只送我一个熟悉的微笑

回首间，几片落叶无言地在你身边打坐
始终没有说出那句你想给我的留言

2013

低　处

母亲，蹲在街角卖蔬菜
高不过菜篮，叫卖声只有蚂蚁才能听得见
低到尘埃里的母亲，样子
像佛祖掉下的一颗泪

2019

大年初一

新年第一天
按习俗回乡下拜年
在村口又碰见二狗的女人

她还在等他回来

多年前，二狗与我一起外出打工
就再也没有回来过
回来的是他的骨灰盒
还有一笔为数不多的赔偿款

我不敢正眼看她
总感觉自己活着是有罪的

2020

老　屋

我来的时候，老屋不言不语
唯有旧了的微笑，在黑瘦的屋脊上飞
窗户上的塑料纸旧报纸，沾满灰尘
像是母亲，当年时常探望后
泪水睡在皱纹里的伤痕

老屋安详
只是当我站到大门前的刹那

仅有的一块油漆

从我眼睛里面，重重地
掉在了地上

2014

一枚茶叶的诗意禅香

一叶翠绿，劫持三月的仙气
且令背着茶篓的女子，如蝶轻盈
兰花指微微一翘
群山汹涌，茶海荡漾

抑或是立轴中泼出的江南
抑或是《诗经》中顿挫的吟唱
有必要以一首诗的虔诚
在一杯茶中聆听乡音，默读慈悲
注目一枚茶叶在沸腾的清澈中
优雅涅槃，不诉苦痛
折叠一袭清香，还给山高水长

必须高举，且要慢饮
让明亮的光线游进身体
擦拭五脏六腑，以及每一条骨缝
让茶香为暗疾刮骨疗伤，唤醒草木之心

于氤氲中习惯想念
山的高度，水的柔软
也想念心的故乡

如此，如此
一叶轻翔
正如一苇渡江

2017

一棵树的重生

今年冬天，我死过一次
与我一起死的一棵树，先我活过来
那是一匹春风途经陶罐后的仁慈

春风捋直我的时候
埋葬我的一片雪，泪流满面
目睹这场景的一朵梅
为雪诵经
为我焚香

换一种步伐，向春深处进发
不敢再疾行

用微笑向爱着我的一切事物，敬礼
在路上作了一首诗，这是我爱他们的唯一方式
就以一棵树命名
以一匹风着色
并由一滴前世枯萎过的雨，替我说出
重生——只是为了一场久别的初相逢
延续的以后
只需要一首诗那么长

2013

青　花

一捧青料，自带阳光与月色的律动
在盛唐把原生态的民谣与情歌
交给忘记世俗的火焰
窑变后的唐诗，瘦成宋词
少有的慢时光
慢得乡愁氤氲
慢得足够救赎灵魂
慢得想陪她虚度一生

尘世安静
一些高贵的词牌出入腰间

款款闪青淡蓝，落进釉彩
平仄元明清的心跳
精致深巷里弄的古朴、悠长
洇染烈日，腌制大雪

我始终相信，一阕青花就能安放闲愁
一尊孤高，一瓣芳华
静止也游走的静谧里，笛箫之声陡峭
夕阳斜插，把我的迢遥乡愁突然喊停
顺势为我泛黄的纪年落款

我看见石阶从水上升起
码头上成吨的号子油亮安逸
我还仿佛听见清澈的母亲，在老宅门前喊着我的乳名
那个穿旗袍的少女，藏在山水虚掩的工笔里
定格那一年水灵灵的小令

那时，时光不老
那时，吉言与颂词青幽翠蓝
那时，月亮有了包浆的芬芳

2019

枫桥夜泊

听惯了钟声的渔火，举止舒缓
那个唐朝来的游子，慢得像诗句里的一粒吟哦
一些乡愁别绪，压弯了上千岁的枫桥

幸是夜半，只有江枫听见
那不懂事的乌鸦，惊着了月亮
害得阊门之外，离恨愈发庞大
汪洋一片

偌大的姑苏开始摇晃
如若没有一串钟声撩拨
客船又将如何停泊

不再慌张的人，必先让一首诗登岸
且将羁旅苦寒，还给张继
不说沧桑

2016

阳关，阳关

无非是以千年罡风的名义，废黜

古城，水毁沙埋之际
就暗藏了一阙江山
墩墩山烽燧雕刻的风月，无边

夕阳足够疼痛，葡萄与美酒远去
而王维只用了二两绝句
硕大的苍凉静寂，便成片成片掠过大雁书写过人字的天
　空
胡笳十八拍更是无辜
凄凉悲惋了几千年

马蹄声碎，月色煞白
月牙泉比芨芨草还苦
在丝绸之路上绝不许说乡愁
商贾、僧侣、使臣、游客，都是孤鹜
玄奘东归时，已攫取了河西走廊足够多的苍茫
梵音不增不减的蜿蜒
逶迤我们的小，形同沙粒

无非是春风又度如家书
告诉我们必须向一粒黄沙问道
翻捡出莫高窟洞藏的笛音
为俯冲下来的飞天重开辽阔
但切不可忽略古董滩的隐喻
卡在鸣沙山的一截落日

等同于经卷誊写的比和兴

至于名人碑文长廊，或可看作一种败笔

只须对而今的柳绿花红，下跪

无非是，越来越多的朝圣者

依着墩墩台，或对着南湖吟唱

长亭外，古道边

芳草碧连天

2017

　　金彪，1967年生，笔名瘦石别园，江苏省作协会员。作品散见《星星》《扬子江诗刊》《诗潮》《星火》《辽河》《浙江诗人》《文学港》等，曾获第六届珠江文学奖、第二届剑门蜀道诗歌奖、首届汨罗江诗歌奖、首届巩义杜甫国际诗歌奖、首届《绿风》诗歌奖、首届刘半农诗歌奖等。著有诗集《一壶江山》。

余　月

在你之后

在你之后
暮雪千山的崇高
才被识别
饱满的果实
云中的飞雁
都染上了落日
那壮美的悲伤
孤身一人
雪地反光里
看月亮的孩子
暴风眼中被保护的
脆弱之物
在你之后
不被信赖的被确认
被毁坏的重又屹立
由来已久的温柔
复仇般倔强

扑火的飞蛾
在每一首悲歌
捞出滚烫的泪滴
你甚至不用出现
你的清澈绝望又暴虐
你之前我无悔的一生
你之后企图重新来过

问

在长河的哪一段沧浪?
汩汩的声响已然消失!
雄黄酒一饮一嗟悼,
菖蒲剑挂满呜咽。
伟辞异响的端阳——
因何不见排闼而来的
舟楫?那浩荡千古的风流!

山鬼百思不得其解,
湘娥泪水全无。
那心血焦枯的诗行,
静处热闹,闹处寂寞,
何以瞑目?太息悠长!
黄钟与浪的意志,永远漂泊。

瓦釜雷鸣，声势虚张。
谁把力量放在肺腑？
　纵则名缰，
　横则利锁。

谁在愚弄百般，
谁在成天歌唱？

可有云梦爱惜香草轻足？
可有彩霞温暖江边寒袖？
忌讳蒙尘的诗人，
可还找得到桂舟柳岸？
可有浴忠魂的兰汤？
可有沐诗魂的芬芳？
安魂的鱼腹死于病水，
对歌的渔夫今在何方？
诗人，你！无处投江！

行吟江潭的屈子，
能否与世推移？
能否就一方涸池荒漠，
再写气压洞庭的华章？

在岁月的哪一段沧浪？
汩汩的声响消失！

血泪暗垂的诗人啊
何处濯足?
何处洗袍?

若是晴天

若是晴天,夕阳已西下
悠久的因果皈依静穆的竟地
人有必经的森林、风暴、窄路
心仪心疼你跋涉中的信仰、倔强
那脆弱的长成了屹立的
你广袤的草场开满花朵
你奉献,我放你在西风里
你保护,我留你在痛苦里

不再照亮你你却点燃我
星体变动我没有形成新的我
这是我此刻的思念
也是我此刻的情愿

江海将为你生出明月

金色的夕阳

明亮了一棵树

一天的记忆

枝上嬉戏的翠鸟

飘落的几片枯叶

我在夕阳中

分出另一个我

行走芳草洲上的幽人

选择壮丽的位置

想念遥远的你

那些无人能和的暗夜

你悲怆的心

热烈低回的悲情

是不是让现在的你

疲惫　无力

我也曾问，夜如何其？

我也曾望，夜未央。

也曾安抚

穿山渡水来的

深深叹息

用什么来应和你

江海将为你生出明月

随一首孤篇横绝的

唐诗，照亮你

花瓣重回枝上

想召回那
落日不再西沉
当我想你的时候
花瓣重回枝上
所有的分离
成为重聚
想召回当年
胸口的火焰
哔剥作响
莹澈的眼神
俊美，住满星星
做波澜壮阔的梦
听忧伤辽远的歌
当我想你的时候
想召回那未经裂变的心
没有痛折心弦的暗夜
玫瑰飘洒璀璨星空

在一阵风里重逢

在一阵风里重逢
这便是人世间

最大的惊喜

坚贞的密语

袭击我们的心

抚慰灵魂的

从暗夜到黎明

从黎明到暗夜

本以为沙化的

又为几瓣落英的轻盈

波动无法风干的温润

用隐于废墟的热血

爱你，爱我

最好的时光可能过去了

天堂与深渊都曾咬痛

孤独者的命运

仍记得那一弯清泉

不淹于黄沙千年

那是圣徒的模样

也是神性之爱的故乡

宠　爱

来吧，一直向西
从江南出发
直达天山脚下

森林　天鹅　云朵
都是你的
城市的花园太有秩序
且各有其主
这里，是你的
你一个人的花园
奔跑　撒欢　打滚
怎样都可以
不要担心脚下的草
大胆地从上面走过
月光下会恢复原样
被你赶走的小动物
翌日会来到你身边
陪你做奇怪的游戏
它们不是来自天空
也不是来自土地
它们创造了唯一的花园
你是这里的酋长
也是这里的部落
是百川，也是万物

耶和华致圣子

人类将你掌心的光

称作耶酥之光
只有他知道
光芒穿透了
你的骨骼你的血肉

盗走你最后的白袍的
在榕树下聚众诋毁
那取走你帐篷的
祈祷每个冬天极寒
用着你眼睛的
想将你引入火海
割走你一片心的
没有半点怜悯和爱
给你戴上荆棘冠的
正沉迷万人谄媚
曾与你漫步烟雨的
他一直在
你看过他一眼的
他为你流下成串的热泪

你去人间
不为惩罚人类的恶行
你去人间
是为宽恕人类的罪孽

只有一人

唯有一人

仅此一人

值得你圣洁的光

去照耀去抚慰

他是

他在

他在你的未来

可以与你同享圣名

楚帐饮剑

我在一页书凝望烽烟

戏荡的旌旗破碎，日光寒兮月白

羽觞对饮，群山刚历惨烈纷争

斜吹的松火，瘦腰的红袍

芬芳袭人，纠缠一个名字

寄身锋刃的枭雄已然疲倦

大手垂落，手下平沙空无一人

剑气如霜，轻澌澌的脆响

落叶随一朵云落我掌心

隔几而坐的无常夜，握杯不语

纤秀之指穿过胡须，轻翔的缠绵

幻想蝴蝶翻飞就是千军万马
怎么可能　梦中之梦的梦
力拔山兮的王啊　矢尽弦绝

有一刻书页滚滚乌云
霆雨霏霏浸透乌骓马的嘶鸣
剑光清冽，神秘的河岸屏声静气
可能是饥渴，等待，可能是呼吸
一口饮尽寒光是否可饮尽失意
含泪吞声。痛！痛你泣下的数行
从威仪的胡须滑落我如水的水袖

红衣红颜的舞步轻点，轻的红叶
剑与你轻盈如水，同一琴弦
伤嗟！萧萧的风声，如玉的你
你在沙场轻轻叹息，薄薄的刀片
我的手，擎起江山还是抚慰你
月光尚好，你足下崩成碎末
白刃往返了你

虞兮，荒野和夜空滴出水来
你如水的消逝让宝剑妩媚
气盖天下，握不住冷的翠袖
扶不起红的花蕊飘坠纷纷
虞兮，你的牺牲让我再无同伴

你中止了凝眸相视，谁会像你？
你若是晨曦中的娉婷，不曾辞别
我不必铭刻，也不必驰马江东
你早已进入我，火刃是你

那些逞强的话都跑了

那些逞强的话都跑了
最快的马也追不回
你是谁？手持长长的魔杖
让我心甘情愿
将最拙劣的画一一展开
曾以为我是
瓦尔登湖畔深邃的思想者
而现在，你眼里
我多像傻瓜，手一滑
就将最珍贵的宝贝遗落
在秋阳里衰败的年纪
你的闪电
洗劫了我的老成持重
你风暴的中心
使我几度轻举妄动
你开开落落的花园
让我如此不小心

我疑这是你小小的杰作

好吧！我无话可说

我听见了玫瑰的呼喊

着迷的时光也让我忘记

如清泉喷涌的通灵的笔墨

那自由的孤独的灵魂

自愿被你的咒语囚禁

那隐秘的古堡里的爱人

是我由来已久的软肋

千朵雪飘过白发

在你脚下慢慢融化

我想你也喜欢，挺出冻土的

脆弱又美丽的嫩芽

余月，1967年出生于湖南。江苏省作家协会会员。1986年始，在《星星》《扬子江诗刊》《山东文学》《江苏作家》等各级各类刊物及报刊文艺版发表诗歌、散文、短篇小说、文学评论，另有作品二十二篇入选作家文集文丛。著作有文集《光·影》和长篇小说《月羽之乡》。有散文以"时文精萃""名篇选读""佳作欣赏"录入《新时文——以不朽命名的人》等书籍。

顾建华

四月的山麻杆

站在山坡，细细地唱，轻轻地舞
花潮汹涌，枝杈长长地斜出，伸向天空
傍晚突然升温的山坡
洒满花瓣

闻到这花香，模糊的梦境又涌现
雨，还在浅浅地下

破　壳

就是那两瓣嫩芽
艰涩地吐出最后一口浊气
看到你伸出污泥的手掌　放肆地歌唱
我还是想大声地哭

听说植物生根发芽，会有许许多多的坎坎坷坷

种子的迁移，水土的流失，风霜的摧残
有的坠落在悬崖峭壁
有的随波到江河湖海
有的疾驰在冷漠的风中
有的长埋在黑暗之下

与其在世间苦海翻腾
情愿看你飘泊在白云之外

既然已经突破重重黑暗
哪顾烈日曝晒
何惧鸟类侵食
怎管雨打霜冻
捧着一颗真心　　用残破的手掌
写下一行行嫩绿的诗句
别问我　　为什么要哭

青　梅

借着半夏的风　　骑上竹马
推开那扇歪斜的木门
回首时，左手的青梅
成了台阶上浓绿的青苔

抚摸过树梢的春风

轻轻将雨水呼唤

心事便长满了墨绿

倒挂在五月的枝头

那是李清照的泪珠

散了千年　落了千年

沉默的门板生了锈

隐秘的心事湿了青苔　滴答滴答

一滴，开始衰老

一滴，想着念着，骑在竹马的你

一滴，挂在枝头，看你淹没在人流里

　　顾建华，江阴市月城镇烧香桥人，1967年生。爱阅读，有作品散落在报纸、杂志。

孙　源

过　客

我是那只飞翔的鸟
重新回到温暖的巢

想象天空　想象天空
有无数的殿堂　烛火通明
钟声在一下一下地回荡
语言和诗歌像石榴一样
带着不规则的阴影
圆滑的现实挂满青青枝上

我是那只穿越青冥
栖息麦地沉睡的鸟

想象人间　想象人间
空旷的原野上废墟遍布
水在何处隐遁
绿在何处长眠

长脚的蚂蚁们四处漂泊
蛇儿盘旋如花枯萎的眼窝

我是那只无知的鸟
偶尔路过　幸甚幸甚

是什么惊动了春天

黑暗中我不知道是什么
惊动了春天　无数只手
纷纷扬起仿佛某个别离的人
最终转过了身

是什么　惊动了春天　白雪
在三千米的地方化为涓涓细水
那些真实的细节就像雨前
匆忙搬家不知去向的蚁群

此刻　我守望着黑夜的宝藏
听到一些惊心动魄的声息
如同那海上列队前进的波浪　埋葬了一切希望
而那　又是生命的发祥

感　受

你没有机会站在同一个地方
而你经常走走　发觉四周一无所有
灯光之后是你的影子
每次你都为之担忧
之前是别人
美丽的质朴的被埋没的无休无止的空空的四周
只有你自己像最初的时刻你赤身裸体
你站在窗口　流言四起
你倒在床头　风声鹤唳

你走的时候　有人哭有人笑
有人前牵着你的手　有人感受离异
门外
花儿正红　草儿正青

屈　子

我凝神书本的一角
从大清早到黄昏的帷幕降落
因此感到死亡像一汪浊水
那里有黑色的鱼鳍在左右摇晃
那里日渐色衰的苔藓又是如何

把生命托给动荡的岁月
多少年了　我们在寻找生活的焦点
每个季节都有很多感受　很多人
在前面走着就消失了踪迹
即使此刻显现在我们面前的
这流浪的人儿有着渴望的眼神

屈子　屈子　我们一直呼唤你
可你走了
为什么要留下这一月兰花
古老的楚城墙下我们重新去挖掘
只看到青铜的长铗　身边躺着
默默无闻的一堆编钟
我们抚摸它　像即将远去的情人
而温暖的表皮下流着冷冷的血

问天　天是一幕如磐的面具
问地　地又总是长夜漂泊无处藏身
我听见一个音符
却看见了一大片呐喊的原野
回家吧　家就是一个贮钱罐
有的是白昼的黄金和夜晚的白银

诗人扼腕长叹　在低垂的屋檐下久久徘徊
仿佛临冬欲去的燕子

而他清醒地知道这一切不久将消失
春天　诗人将带着成群的儿女踏青
专程来另一个诗人的坟上

献给诗歌

我开始熟悉这一切
像顽冥的自我无法改变

生命的夜空寒星闪闪　深邃而迷人
理想在这样奇异的背景中闪现
语言也流动起来
重新显得鲜亮
习惯将被破坏替代
死神将被婴儿的一声啼哭替代
门在层层栅栏的后面
悄无声息地打开

对于眼前这一切
我欣喜　不知所措

院子里的月亮

在朋友和陌生的房子后面
月亮像一只光亮的拳头
举起来
连同哑口无言的槐树的阴影
我们很自然地坐着
谈论关于生死关于爱
关于某个人物的手
如何抚摩双亲的坟头

白昼的芬芳已经消散
而声音在传过来
穿越刚刚收割的田野
以及田垄上颤抖的草
那些草　也将被收割
并化为肥料　然后
镰刀收藏起来
农民的脸生动起来
妻子的手在倒酒
点滴岁月点滴甘苦
面对满屋子的粮食
一饮而尽

院子里农民的儿子和朋友

谈论着月亮
像一只透明的拳头
坚硬　易碎

游　子

我不停地赶路　我止步
目光与道路纠缠像两条蝰蛇
花开花落
花色斑剥
转过的每个弯告诉我
一生的写作不靠书桌

水像即将结束的音乐
最后一次高涨
树倒下来　倾诉大地
我只好用自己的头颅行走
而寄望于脚的经脉
去思想

孙源，1967 年生。中学教师，现居江阴。

牛道明

祭　奠

清明前的舜过山
人潮涌动
袅袅缭绕的青烟
混合着湿答答的迷雾
悬浮在头顶
像浓得化不开的愁

灰黑的纸钱飘飞
仿佛翩翩的蝶
与山下的绵绵梨花
相映
满山花开

我在心中默默献了三束
金黄的菊
祭天地
祭人类在它们之间孤单的影子

生　活

赫利俄斯驾着太阳

在大洋尽头消失的时候

西西弗斯的巨石

隆隆滚下深谷

月中被伐的桂树

在一点点愈合

我案前的星月

如同江潮涌动

一只仓鼠正踏着风火轮

在梦中，我追逐影子

终于说出实话，并编著

好听的故事书，给看不见的人

牛道明，生于1968年，河南南阳人，现居江苏江阴。中学语文教师，写诗。

计 军

旅 行

人到中年
疲惫是我唯一的行李
一如那根在风中
绷紧的晾衣绳
不由自主　无奈晃动

用旅行来刷新自己
还是流放
我只是想与风花雪月
交换一下心情
自由地呼吸

打开一扇窗
旅行以其特有的方式
撕开沉闷的生活
用一阵风把我唤醒
这一场旅行

正贯穿我的一生

墨西哥掠影

加勒比海和太平洋
簇拥着墨西哥高原
如簇拥着一丛高大沧桑的仙人掌

荒凉，是高原的旗帜
或是那缕不曾停歇的风
悬挂在一根根不屈的尖刺上
不经意间晃动

文明，是席地而坐的流浪汉
穷得只剩下一堆石头
和阳光下来回踱步的阴影

似曾相识的金字塔
似曾熟悉的文字
似曾兄弟的肤色和脸庞
在一部叫太阳的历法里　相遇
预言，很快地迷失

玛雅，依稀是一块神秘古老的刺青

紧贴在墨西哥高傲而又宽厚的额头上
栩栩如生至今

耶路撒冷（组诗选3）

一

耶路撒冷
静静地躺在我面前
如那部传世的圣典
让我不敢轻易去翻开

在死海和地中海之间
耶路撒冷是一块坚硬的鹅卵石
在上帝和众生之间
耶路撒冷是一只圣洁的小手
抚摩着每个匍匐的灵魂

在耶稣和门徒之间
耶路撒冷只是一张普通的餐桌
以及餐桌上仅剩的盐
在宗教和宗教之间
耶路撒冷是一块朴素的画布
信仰的色彩在这里聚焦和调色

四

哭墙，一个民族最后的执着
是犹太人最后的思念和泪痕
度量着耶路撒冷真实的高度
仰望，在耶路撒冷
只是一个习惯的姿势
祷告，是我悄悄的扪心自问

走在耶路撒冷
我们或是一粒卑微的灰尘
在唱诗班圣洁的歌声里
我愈发自卑和渺小

五

走进耶路撒冷
橄榄树在视线和墓园摇曳千年
弹孔、鲜花开满记忆和城墙
巴勒斯坦、以色列
不同祷告方向的两个兄弟
用一堵墙　隔离信任的目光

死海，你只是上帝眼角
未曾风干的泪滴
至今依然清晰
今夜，我走进耶路撒冷

仔细阅读这部《圣经》
耶路撒冷，夜路很冷

流浪猫

孤独如暮色的猫
蹑手蹑脚　　却又从容悠闲
推开黑夜的家门
恍若我梦中走失的那只

这只猫，总是游走在我视线的边缘
轻舔着骨瘦如柴的寂寞和自由
总让我想起野孩子般的往事
想起饥饿的声音
咕噜咕噜在童年回响

这只猫，从未摇尾乞怜
总是安安静静
踩着自己的影子
小心翼翼地绕过我的生活

计军，1970 年生，江苏江阴人，曾用笔名言石、言实，20 世纪 90 年代开始发表诗歌作品。

谭　洁

江　水

从黎明前的江水出发
回忆是一条脊背光滑的刀鱼
倏忽闪入春天明媚的暖流里

太阳升起来了
汽笛声在浪花里犹豫　　不觉
迟迟不鸣
江水一半变成火焰
一半融入大海

沙砾们正在蚌里偷偷地孕育
他们安详纯净
对潮流的去向一无所知

2012.2

春　分

十八圩的江水晃了晃

犹如鲥鱼躲过渔网时的腰身

海洋深处

孕育了一个冬季的情绪

迅速涨满两岸的江堤

桃花纷纷开放

趁着大雾弥漫

隔岸的我们

重新撒开渔网

布置新的梦境

不需要笛声的指引

你是迟迟归来的燕子

带着异乡的口音

2017.3.9

冬　至

日晷在磨盘上日日缩短

月圆时种下的芦苇

早已经在这片沙滩上扎根、

繁衍和蹉跎

它们好像并不惧怕时间

寒冷，以及离去的沙鸥

他们对冬的到来毫无反应

这些伫立的白帆

和涉江而过的船儿

更容易让人想起三国时的某个典故

他们

似乎更善于和冬风、白雪

浩浩荡荡地融为一体

2018.12

大　寒

船　靠在岸边不动

好像在江水里生出了根

习惯性在这个季节里紧闭嘴巴

生怕哈出一口气，江边就会泛起白雾

那么　远方的粮食和棉布

就进不了城

白天和黑夜糅合在一起
除了时间

什么都冻住了
太阳的光芒晒不到凹起的阴影里
那里有尖尖的冰棱　腻腻的苔藓
还有一些蜷缩起来的模糊影子

有些动物在冬天静默、安眠
用类似死亡的方式迎接来年

大寒之夜　绕过高高的船台
远处　西风正把月亮压成一片白羽毛
悄悄地塞进了江水的褶皱间
如同
今天早上　你对着镜子刷牙
习惯性把新长出来的几根白发
往帽沿里压了压

2017.1.23

鲥　鱼

我们
从立夏前后，溯江而上
两岸的垂柳伸长腰身
宛若羞赧的女子
投以不经意的探视

黄田港口汽笛嘹亮
整装待发的白云纷纷沉入江底
化身为诱饵、巨石和丝网

危机和安逸交替出现
阻扰着日和夜的前进
怀春的河床愈发柔软安静
等候着大批鱼群的入侵
浪花们时而温柔，时而汹涌，
终于，把我们变得体态优美，脂肪丰厚。

2018.1.26

捣练子令

出了阳关

西风疾驰
拦一截狼毫笔挥出的屋漏痕
在铜战衣上临摹出弓的脊骨
射向天山的皑皑白雪

九月初三夜　月如琥珀滴落
被送信的黑衣人仰面饮尽
砧声阵阵　穿透乌色的云团
寒光逼近　工匠正昼夜不息
打造一枚精巧的绣花针
修补亵衣上的破洞
也能轻易扎破指尖
开出来的小花
有桂花的甜香

你若不信　猫腰悄声越过帘栊
去试试屋外的那盆洗衣水
早已浸透了吹遍长安的
西风

2014.9.18

虚　构

阳光在玻璃窗前揽镜自照
无意中拉动手里的弓箭
一枚枚金色的羽箭射入树林　纷纷
林中奔跑中的兔子被穿透心脏
奄奄一息
同时被变成靶子的还有
一位双目失明的诗人
他突然看见泉水发出咆哮的姿势
忍不住用羸弱的双手
去抵挡徒然发作的危机

有个男孩子推开了窗户
丢出一架纸飞机
诗人看见了
看见了
温暖的利器
像水滴落入铺满松针的土地

2015.10

立秋（组诗）

七 夕

天凉了
风一起　你就旧恙复发
早晚　都要保护好风池
你只记得这个穴位　还有
你发现煮药的砂锅漏了
用一条洞如观火的裂缝跟你告别
仿佛不堪日日夜夜的煎熬
挣扎着离去
也许　这样你才肯放手
让它碎成一片片
再敲成细末　还原成泥土本来的样子

中 元

七夕过后
蟋蟀在园子里安寨扎营
它们身披玄色盔甲
埋伏在你必经的路旁
伺机而动　杀气腾腾
而你无动于衷　终日与菊相伴
身形佝偻　华发渐生

仿佛忘记了陈年的旧怨
中元那天
你在雪白的绢上熟练地写下
"化干戈为玉帛"

白　露

辰时　守夜的更夫路过你的门前
突然敲响了手中的梆子　把你惊醒
惊醒的还有一些躲匿在如梦令中的雨滴
白露过后　没有月光
那些矜持的诗句迟迟
不肯落入泥土　都是你
前世放生的水

只能　用日渐麻木的双手
一沓沓捧起
找个桂花开放的日子
把它们丢在了荒芜的护城河边

重　阳

阴雨天　不想去爬山
你约了朋友们在家喝酒
用一只银色的铁壶

盛起煨好的菊花酒

人语嘈杂　眉目渐迷

有人给你送来一把茱萸　不用翻老黄历

也知道　今天是初九

你把茱萸装入香囊

或者挽成手镯

一人一个带着

逐寒祛风

寒　露

园子里的丝瓜慢慢变成几株枯藤

一直留着没有拔去

仿佛这样　才不显得茕茕孑立

心意渐懒　多年前

她悉心帮你采集的露水　至今

还埋在你的后屋

等待发酵

霜　降

推开窗子　下雪了?

要不　怎么会有这样凝重的色彩

树间　檐上

仿佛夜里临摹的山水

特意空出的留白

秋意深浓
银河瘦成了一支细长有力的鞭子
日日鞭挞着你的脊梁
守在城阙里的人　等回忆都用完了
才相信　相顾竟无言

2022.5.22

谭洁，1978 年生于江阴北门，第一篇诗歌作品发表在初三年级。2003 年正式开始文学创作，作品多次收录《中国诗库》，散见于《诗刊》《鸭绿江》《中国诗歌》《诗词月刊》《广州文艺》《无锡日报》《皖西日报》《江阴日报》《雪浪湖》等。获"刘半农文学奖"新人奖，"陶白文学艺术奖"提名奖，现为江苏省作协会员。

阙小波

愈合的声音

半夜
我听到自己剧烈的咳嗽
一阵接一阵
像是火山间歇性的悸动
伴随而出的
是一丝产自深喉里的
血色的液体

那是一种病入膏肓的
让人害怕的声音
它不同于窗外的北风
穿过房屋
被枝桠划破时的啸叫
更像是少时老叔的拖拉机
在某个冬天的早晨被发动时
冒着黑烟时的哮喘

我知道
那是黎明在撕扯它的夜衣
是蚕蛹
在咀嚼最后一层包裹它的茧丝
发出的一种
清脆又响亮的
壳的破裂声

就在那个早上
我听到了伤口愈合的声音

2021

凌　乱

有时是一头乌黑齐崭的长发
从狗尾草的田野走来
从柳塘风的梢间穿过

髻发高盘耸立的疏离
掩在帽兜里
靠在一个陌生的臂弯
看不清轮廓

而我更喜欢
夏天的晚风
门口的水泥广场上
你——
无意撩起头发
的那一瞬凌乱

那一瞬凌乱
惊艳一群栖鸟的排列
也吹皱了
一颗少年的心

2022

阚小波，江阴申港人，1980 年生。初试写诗，偶有发表。

蒋　松

在病房

二月恬淡的歌轻抚着心
一汪瓦蓝的二月天空是如此狭小
城市的喧嚣寂寞了心情
天空的小鸟偶落在窗前
——静静地等
待淡却了额头的汗珠
轻落在干涩的唇边

冬　雨

淋湿了一行小诗
想起昨夜死去的那只灰鸽
雨中的顽石
不相信水滴石穿的哲言
坚硬的冬雨
像石块的棱角下渗出的鲜红

如花的美丽

忍受着生疼

冬雨的亲吻下

泪流满面

村　晚

晚霞把葡萄架的影子拉得很长

但没有长过知了燥热的声音

四周的树木和村庄一样

默默地，在落日的晚霞里静立

只有从天空飞过归巢的鸟儿

叽叽喳喳，惊起了河中的鱼儿

祝　飨

中元的秋雨缠缠绵绵

缠绵了无数的过往

母亲说：明天要祝飨

可我心中不免有些惆怅

袅袅的青烟飘荡
蒲团上虔诚叩拜
不知道父亲在那边过得怎样

儿时
习惯了窗外肆无忌惮的蛙鸣
——甜蜜地进入梦乡

如今
静静地听虫儿的唧唧私语
——却叫不出我的乳名

点亮几盏萤火
——与月亮谈论胡乱的遐想
这是不是另一种方式的祝飨？

秋的故事

有一些故事
在秋的催促下，慢慢地生长

寒蝉的凄
绵雨的凉
雏菊的黄

以及心中不消失的人
——乘舟别离

秋夜虫语

八月的清夜
静谧的乡野

我手持一轮新月
悠然地收割一筐窃窃的虫语
为疲惫的躯壳备上一份恬淡
——这是今晚的夜宵

虫儿与我有多近
它就在我的身边
一叶草儿便是一张谱子
虫儿把日子含在嘴里
每晚吟诵歌唱

虫鸣，幽静而深邃
　　洁净而透亮
是使我怀念儿时的蛊惑
唤醒我尘封千年的心绪

这是纯粹的歌唱
美如明月和诗歌
我想采撷一撮悄悄而虔诚的虫语
濯洗我们落满灰尘的灵魂

秋虫，一个乡间夜晚的孩子
秋虫，一个纯粹如初的源头
秋夜虫语，我听到了内心的声音

蒋松，1980 年生，中学教师。

量　子

乌镇之恋

月光穿过纱幔照着你羞涩的脸庞
姑娘你坐在沿河窗下对镜梳着妆
淡淡的胭脂柔软的唇
忧郁的眼睛流露着真
墨一样长发绵延着我的念想

夜莺告诉了我今夜你出现的地方
就在那古树苍翠芦花飘香的河旁
翻滚的思绪　激起了浪
朝你的方向　我奋力摇着桨
等着我　姑娘　我不想　灵魂再飘荡

我的爱就是白莲寺前那朵盛开的莲
你说那沁人的香是你的爱萦绕我心间
我的爱就是昭明书院那首难懂的诗
你说你会用一生的时间解读它每个字
我的爱就是乌镇河里日夜游荡的鱼

你说流淌的河水是你思念积聚的泪滴
我的爱就是子夜时分没有归航的船
你说想化成雨读桥做我永远停靠的岸

2008

我是秋天里最后飘落的一片树叶

我是秋天里最后飘落的一片树叶
朋友们早已去了另一个世界
孤孤单单飘落的瞬间
我依然留恋枝头的时光
那儿有我　那儿有我　最初的梦想
我是秋天里最后飘落的一片树叶
我独自飘落在这个冰冷的夜
子夜的露水是我为
生命短促而流的眼泪
萧瑟的风　吹起了我　无助的伤悲
我在春天的时候看过那蓝蓝的天
我在夏天的时候品尝过雨水的甜
秋天的稻香里舞蹈一遍又一遍
唯一的遗憾　是白色的冬天

量子，1981年1月出生，本名曹量，原籍江苏宿迁，现居江苏江阴。诗歌民谣活动策划人，民谣歌手。

非　斐

拣韭菜

拣韭菜时奶奶又回忆了一下幼年的上海
她近来不大说
一则听者寥寥，除了我
二则翻来覆去都是炒过无数遍的冷饭
她讲到住处曾招的小偷
意外地有新话头：
弄堂里好玩啊，她正看匠人做插梳（一种旧时的发卡）
家里就遭了贼了

旧物。就像老人斑证明着她大半个世纪一直在着
一直背弓弯弯地老着
这插梳
每个早晨洗脸梳头过后
奶奶手中的插梳，总会划过头皮
停在脑顶偏后最正确的位置
天寒时候，在安排插梳前
她会先抹一遍雪花粉，并用指腹

熨平两鬓

2015

学　步

有客人时，我们要把祖母请出来
从卧室到客厅一段路
我小心搀着她的左臂，缓而稳，表情虔诚
就像她的亲孙子
实际上也是她的亲孙子

没有人时，我把祖母交给一根拐杖
把走廊和开阔地交给她
我在身后不远处
看她走得小心翼翼
也雄心勃勃

2016

大眼女童

这单纯的匮乏

红而且脏的小脸

我看到大山、寂静里荒废的河水

干瘦的枯枝

季节深了

更应该有一块块没有颜色的冰

削过山脊的冷风，比一只瘸腿山羊

走得更缓慢的爷爷

她从破棉袄里伸出的两个小馒头

肿得很大，已经溃破

一个馒头握住铅笔

一个馒头压着本子

庞大的叙事已经被压缩戓一张干瘪的照片

一定有更大的不幸

闭锁在

她咬得很紧的嘴唇

我看到

她将眼泪

忍在眼眶里

2016

乌鸦盘旋

"就在我上学的路上"

突然俯冲下来
掠过我
小时候的惊惧
后来却觉得是陪伴

2020

拥　抱

在三院
我拥抱过两三个人
像真正的老朋友那样
让肩膀放松
身体舒展有温暖

一个是十年前就认识的病友
他胡子居然白了
另一个是聋哑人
我们通过在手上写字来交流
就像《战地钟声》里罗伯特乔和哑巴老头一样

看不清就在手上一掸
算作擦去。
有时候，我几遍都看不清他写的字

哑巴摆摆手，推开我

一脸生气的模样

2020

长　江

未见过大海的人

将长江作为图腾

未见过大江的人

将村口的运河作为皈依

我尚未走出江阴这

弹丸大的版图

我在此地出生，遗溺，叫喊

在土里打滚，蜷曲，爬行

窄小的版图容纳我的脏丑与疯癫

欲望与苟且

并用一条运河一遍遍洗涤我的肉身

用长江一遍遍拍打我

额头上蒙垢的纹路

我哭

带着江水呜咽之声

我知道

属于我的黄金时代还天到来

2021

门

二十年前，我在工厂的车间外
踟蹰许久
车间里有一个我喜欢的人
我在脑海里已经千百次进入车间
说出重要的话

我在车间外焦头烂额
不能前进也无法离开
后来车间组长过来洗手
问我为什么下班了还不回去
我灰溜溜地走了，精疲力竭

从此我刻上了耻辱的烙印
背上了失败者的标签

十年后，我在江西
我多次狠踹楼下的房门
我以为门被踹开
就会出现一个意想中的人
我以为这个门
和我当初经历的是同一扇门
其实，是我的精神分裂复发了

又过了十年
我于病中惊起
找到一种从未感受过的力量
我用歌声奏出了饱含悲苦又
倔强昂扬的救赎之音

再遇到女孩，我不再是门外的囚徒
只是我也不再是追爱的少年

门就在那里
走过去
也许没有鲜花，和红唇
也许只是崭新的空旷

2021

我儿时的那些人

他们会拔茅针，滚铁环
放野火，烧田财，偷青菜
掼牌九，丢沙包，跳房子
赤骨洛，洗冷浴，撩猪草
钓黑鱼，钓龙虾，跳皮筋
扎象棋，掇篮球，接龙庄

争上游，做手枪，打泡桐
做挖勺，斗鸡蛋，爬竹竿
乘风凉，数星星，撑帐子
捉蚊子，看壁虎，捉蜻蜓
捉蜜蜂，捉萤虫，打浆糊
贴对联，堆雪人，打雪仗
晒太阳，轧人人，借橡皮
借铅笔，拖鼻涕，吃梅片
桂圆糖，果丹皮，酸梅粉
寸梗糖，麦芽糖，放黄鳝
放褪笼，捉黄鳝，捉甲鱼
捉蟛蜞，钓田鸡，剥皮虫
搓面团，挖曲善，装鱼钩
偷香瓜，养乌龟，养龙虾
游集场，爬树山，吃棒冰
吃雪糕，捡废铁，捡废铜
集洋牌，集糖纸，吃奶糖
吃硬糖，梨膏糖，宝塔糖
看电视，看做戏，看滩簧
小人书，武打书，漫画书
消地光，哭鼻涕，做作业
盛漏雨，穿套鞋，送中饭
去野炊，炒韭菜，去春游
爬黄山，去扫墓，买汽水
暗高兴，笑嘻嘻，比拳头

顶头盘，打相打，拌猫猫

2021

大　海

我读到一种清凉的慰藉

当你的脚趾浸在浅水中

你沿着浪花奔跑

留下深深的脚趾的吻痕

对自由和未知的向往

对空旷和迷茫的热爱

大树说，热爱什么就把什么托举

此刻，用大海的伟岸

托举你天空的名字

把大海认作故乡的人四海为家

2021

拣　菜

早上拣空心菜时

我拿了一个铝皮盆

盆并不大
空心菜也不少
满满的一袋
但我不担心装不下

我很少拣菜
干活也很少
以前总要准备了菜蔬、盘碗、场地
劳作时排场很大
却做不了什么事
说话言不及义
取的盘碗大而无当

我慢慢把空心菜拣好
装入铝皮盘
一层一层
满满一盘堆了起来
我想，一个人总要慢慢度过单纯
慢慢适应生活的芜杂

2022

倘若在冬天

倘若在冬天
智慧的人们告诉我
要抱紧远方的事物
比如城外的小草尚绿着
山上的蜡梅又开了

比如寒冷的风里
还有两三个孩童在玩耍
冬天虽然漫长
还有诗歌可以取暖
还有大大小小远远近近的
智者
通过纸上的谈吐
捎来他们和蔼的一瞥

倘若在冬天
就写几行歪歪扭扭的字
把诗歌写给冻硬的土
地上的霜
瓦片上的雪
写给北风中的日日夜夜

2022

一朵晚开的花朵

多少年里
我沉溺在悲观和绝望里
我胆怯，自卑
然后生病
我是个小孩子
我永远也不会长大了

有一次，我流泪
二三十岁了
像个真正的孩子那样，流泪
母亲并不悲观
她对我说：
一朵花还没有开了哦

时间并没有让石头出现生命的胎动
周围的人在反复的期望与失望中
慢慢失去了信心

而厄运来了
厄运降临，让顽石出现了裂缝
我于是存在
于是出现自我
我渴望认可

先完成了自我的认可

我是一朵晚开的花朵

2023

非斐，本名张翔，1981 年生。诗歌偶见《诗刊》《扬子江》《星星》《绿风》《奔流》《太湖》《中国诗歌》《散文诗世界》等文学期刊。江苏省作协会员。江苏省作协第九届签约作家。曾获太湖文学奖、陶白文学奖、刘半农文学奖、盛京文学奖等。出版有诗集《探薇》《江南俚语》。

朱少平

晚风吹过，我更思乡

又一阵晚风从耳边吹过
带着丝丝的凉意，不觉
年近四十，在黄田港公园
可见落霞，可见江水滔滔
还可见江阴长江大桥
和对岸的万家灯火

又一阵晚风从耳边吹过
这凉爽的风似乎将我吹起
张开双臂，像海鸥掠过水面
又像野鸭在水中冒出来
恍惚中，自己赤裸着
在河水里凫着，时而像白鹅
在水中洗着背，时而像鸭子
把身子扎进水中觅食
而双脚露在水面踢腾着

又一阵晚风从耳边吹过
其实，我也渴念一次次来电
但更多的时候，我
只会把手机翻看一下
更多的时候，整个人沉浸在
家乡的风景里，划着
澡盆式的木船在捞菱角
砍几株黄豆，坐在
臭椿树下剥豆粒，到大沟边
淘洗新出土的花生

2021

母亲渡船

有一个渡口，叫柴埠渡
在黄泥河的某一身段
你时常在那，渡我过河
那个瘦弱的你
蹲在船头……

那只木船偎依在堤岸边
那些浪花扑打着木船
也啃着河堤上老柳树的根

但柳树身上的绳套系着船

直到我立在河边

你在船头站起

唤我上船

枯枝般的手拉我

再半蹲着划起木桨

挑起水花，渡我过河

此岸彼岸间……

直到我外出读书，离开家乡

才发现：你不晕船而是晕车

2020

黄昏，雪正下得紧

已是黄昏，但南窗被雪映白

雪如柳絮飞舞，庭院下任人疯玩

我想起老家土灶的锅洞

燃着的柴火将烤山芋煨熟

芋头的气息异常喷香

异常地烫手……

那个装炭火的烘篮

该将布鞋底烤焦

随它吧，往事不提
十多年前的一幕幕
已经渐渐遗忘了
却又日渐清晰

眼前，户外的雪下得紧
一直在下，任意地下
我蓦然地想起：
冷天敲冰冻，鱼塘起鱼
分鱼的场面格外热闹
妈妈用稻草穿鱼鳃到鱼嘴
将红春联的一角贴在鱼身上
让我拎着一大一小两条鱼
也是冒雪赶到亲戚家，他们
正围桌吃花生糖、芝麻糖
笑着喊我：小妹……

眼前，雪下得紧
两个孩子正是没有作业的年龄
央求我带他们到雪地撒欢
想起，那年我结婚时
也是大雪纷飞，没有人帮我迎亲
我们小夫妻拖着一个行李箱
亲朋熬到夜八点零八分才开饭
想起，二十多年前

我方才十来岁，也是腊月雪天
母亲挑着两个稻箩，装着碗碟
往亲戚家赶，也是结婚天
那时候，母亲的脚步特有劲
特别稳当，稻箩里碗碟碰撞声
特别清脆，可我一路连滚带爬
摔了好几跤，一路跑得多欢
而今，我们离开老家
再也听不到有人喊我一声
小妹，你来了……

2018

敲破锣，忆往昔

少年，我混在送葬的队伍中
敲破锣，因为我不懂鼓点
长辈们先将鼓挂前胸
打鼓得由他们干
锣来时，便有裂缝
再来时，裂缝依旧
每一位亲友离世
我即敲一回破锣
锣鼓喧天时

我将那锣敲得时快时慢
谁识敲锣人？遍地戴头巾

当下，我离乡多年
不复敲破锣
可耳边时能听见那声
时有时无，忽连忽断
随着亲友模糊的面孔……

2018

冬夜，想起老家圩上

冬夜，孩子们的鼾声盈耳
似是乡里沟塘的蛙声般热闹
倒是让这夜晚显得更加宁静
此时，适合我想起老家圩上

我家临水而居，黄泥河边的北岸
那房子的每一处细节都是那么清晰
而我所获得的一张张奖状
也似乎蒙上了蛛网，被小虫咬洞
那上面，我的名字也该渐渐隐去
毕竟，时光漫过多少个冬夜

异乡的冬夜，我习惯了孤独的生活
更多的电话号码不再拨打
我疏远了我自己

冬夜，我想起老家圩田上
父辈燃起的牛粪烈火
我也想起围塘捕鱼的闹腾
也想起捉猪上门板的宰杀场面
炒米糖的熬山芋糖稀的情形
以及推磨磨豆腐挤豆汁的时刻
真的，往事如昨，可我回不去圩上
年少的我，如果不读书
势必会当一名木匠营生
势必学着母亲种田，养着鹅鸭
老家圩上啊，面朝黄土背朝天的收割
烈日下抱稻铺子时多么想远离村庄
为什么？工作十年，满身是乡愁呢？
老家圩上，一别又是两年多

2018

火苗，冰面

在旧印象中，一枝火柴

点着了沟渠中茭白的枯叶
熊熊火焰，把曾经的碧绿
化为黑灰，盖住了边岸
而今，我又在江南点燃荒草
却不时地回望江北

也是在旧印象中，一根稻草
穿过了鱼鳃，拎在手里……
走过满是脆冰的路面
清脆的咯嘣声，不绝入耳
即使会仰面摔倒
却爱去踩那晶莹透亮的冰层
往温暖的大姨娘家去

2013

烂菜，烂菜

"一坛酸菜才刚开头，还有得烂呢！"
早些年，我听过母亲说
母亲是在揭开菜坛子时
见到了腐烂的腌菜，脱口而出
那时，我不经事
不能明白个中滋味

权当了耳旁风

而今，我吃尽生活的苦
心底里泛着酸菜味，才醒悟
这句话所含的生活哲理
有时，我要学着等待
等一坛子菜毁了，有了
自己独特的口味时，才开吃

2012

有凉丝丝的清甜味

前些年，母亲常在人前打趣
说些让我觉得丢脸的话
而今，我阅过人情
才晓得：花花轿子人抬人
这算是母亲的聪明吧

有时，我感慨命运不公
有时，我又信服天道酬勤
生活虽苦，像掐破了鱼胆
但我也不时地被美好所触动

有时，我真切地体味
我要做一个平凡的好人
但我不情愿安于现状
却又无法改变
这些年，我坚持
遥望清梦，踏露前行

长夜，短日子
时光流走，我爱上嚼生藕
它在烂泥里身染泥锈
有白净的心思
有凉丝丝的清甜味

2012

朱少平，男，1982 年生，江苏省作家协会会员，著有散文集《遥望清梦》等。

陈云昭

湖面在绷紧

一声蛙鸣
湖面在绷紧。那些
影影绰绰的，晦暗的涟漪
紧紧拽住衣角，轻声询问：
你为何还在行走？
在地址消失之前，路即已毁尽——

2023

突然醒来

触碰到他的后背。
一对消瘦的肩胛骨
正刺向一团酸涩的东西——
突然，想祈祷……向谁？为了什么？
这一对消瘦的肩胛骨上

也有一座高耸的迷惘？也会有

有一个低微的牺牲？

用手轻轻抚摸这座小小的祭坛，

另一只手抹了一把脸，手掌有一条湿漉漉的线。

2022

起　初

我六岁的时候

在心里杀死了第一个人。随后

在十七岁时是第二个人，

在三十八岁时是第三个。

后面还会有吗？不知道。

在心里杀死第一个人的时候，我很害怕。

到第二个人的时候，我不那么害怕了。

第三个人的时候，我已经很坦然了。

2020

有星星的晚上

让他抬头看看夜空，

有几串星星高悬：古旧的洁净。

他抬头，随即又继续玩耍。

为何叫他抬头？星星高悬，并不对任何人说话。

那醒目的存在，

被一种仍未认出的事物揽入怀中。

它叩开我。进入我的意识。这并不常见。

多年之后，它或许仍能勾起我的回忆：

让他抬头看向夜空：

几串星星高悬：古旧的洁净。这并不常见。

2021

书库在漏雨

书库在漏雨。

我要把盛满雨水的桶搬到洗手间倒掉。

外面的雨很大，半个钟头就要去倒一次水——

为这个书籍的坟场——

大江健三郎、奥登、龙树、赫拉巴尔、金克木……

它们被埋葬在这里。

这个丧失秩序的乱坟岗上，只有孤零零的霉味。

不会再有人找到它们，朽坏是它们剩下的唯一使命。

如今雨水也前来催促他们快些朽坏。

每一次倒完水，在稍歇的片刻

我都摸一摸他们，揣摩湿度，默念快些雨过天晴。
但很快我就会发出一声轻微的叹息，心想
这又有什么意义呢？我的那些揣摩、默念……
也在落入桶里的滴答声中快快地朽坏了。
孤零零的叹息。

2020

白屈港上读薇依

早晨。在白屈港上过夜的星星睁开眼睛，
它们朝向天空，朝向同一个词。
这是一种启示？开口说话，以一个被拣择过的词？
机动船的闷响，像是一次回答，或是一次拒绝。
白屈港变成一句含混不清的喃喃自语。
"不幸本身是发音不清的"，她说。
白屈港上的露水很重，流过的绮山公墓很轻。

2020

刘叶军

他应该是在电瓶车上摔下来的，

倚着伤痕累累的电瓶车摇摇晃晃。

右颧骨上少了一块皮。有一块橡皮那么大。

他用手去擦，手掌上也是血。

看到我不知所措地站在他跟前，

连忙说，没事，没事，没事呀！

好像需要安慰的那个人应该是我。

他又用手去擦，手背上也是血。

没事！没事！没事呀！他为此深感愧疚。

颧骨上仍然有血。可已经没有干净的手去擦下。

2021

三月十九日，早晨

这个早晨看起来已经衰老。

更远的地方始终看不清，

但有一种呢喃的低吟，沉潜

在那个看不清的地方。听得真切，

只对一个人耳语。早晨，

在一个早晨之外的地方

其实已经死亡，就像之前

所经历的无数次那样：

清数从那棵樱花下走过的人，

就像清理刚吃过甜食的手指——

1，2，3，4，5，6，7……12
一个人站立，抬头，注视，认出它
这团弥散的气息
递来一块空白的手绢——

2022

所有的桥都孤独①
——给夕清

父亲静静脱下他的命运，
披到儿子的肩上。
在采摘北斗星的晚上
村庄也跟随萤火虫飞向掌灯人。
是谁向谁传递了一句悄悄话，
变空的脚印又变回一个脚步——
别怕呀！要过桥了……那个撑着黑伞的人说。
他坐在水泥船头，像静静脱下命运的父亲。

2022

注①：诗题"所有的桥都孤独"来源于英格博格·巴赫曼的诗作《那些桥》。

小　雪

有时，一片树叶落下影子。
有时，一只鸟儿丢下影子。

树叶不知去向，
鸟儿不知所踪。
圣·保罗说：
信，是未见之事的确据。

树叶，鸟儿，
树叶落下的影子，
鸟儿丢下的影子，
……
这些都是未见之事。

2021

大地上满是寻找的事情

一片枯叶在路上翻滚。
它与地面摩擦的嚓嚓声，
就像远处传来的一阵哭泣。
这哭泣多么细小，

多么微不足道。
它一直在找
一只微不足道的耳朵。
一阵秋风之后，
大地上满是寻找的事情。

2019

在一场色衰的梦里

在一场色衰的梦里，
我们平静地收拾残局。
生活散落在四周：
不洁，破碎，无可奈何……
一扇未经整饰的窗户垂落在那里。
真好！这仍值得憧憬，
我们急切地商量如何把这扇窗子
改成一面更大的窗户，或者
干脆改成一面宽阔的落地窗。
真好！留在我身边的人仍然是
那个我一直想离开的人。
对此，我心存感激。

2018

梦，2020

她和我坐在两张矮凳上，朝向一面墙。
墙上挂着祖母、曾外祖母、祖父……的遗照。
我和她说着话，不知道说了什么，我想她也不知道。
但我们都在那一段小小的时空内找到了满足和非凡。
一两分钟之后，我开始握着她的手，
继续安静地看着眼前的那面墙：
墙上挂着祖母、曾外祖母、祖父……的遗照。

2018

客人还在熟睡中

他的客人还在熟睡中。
它的客人也在熟睡中。
他给客人们准备早饭。
晨曦只是微微掀开一条缝隙，
即便如此，那一点点光，
也被夜起的薄雾团团绞住。
在他身上看不到疲惫，
也看不到刻意的精气神，
他的身影和这个时刻咬合在一起。
他已经熟悉这一切，

早就练习过这一切，

如果不是有那么多的客人，

如果不是有那么多花圈，

这个时刻只不过是又一个时刻。

这不会让他希冀平静，也不会让他期待奇异。

他踱步，轻咳，叼烟的姿势都说明了这一点。

偶尔的愣神，让他想起一件小事：

那天起了个大早，也是这个时刻

和她一起去买一辆新脚踏车……

但，这也是稍纵即逝的事。

晨曦开始微微掀开一条缝隙。

2018

影　子

我不敢轻易哈腰，

我怕我的影子也遭受屈辱。

我不敢站在太阳下，

我怕我的影子太直了。

我不敢下午 2 点出门，

我怕我的影子超过我的身高。

我不敢站在高处，
我怕影子跌倒。
我不敢站在河边，
我怕影子对我说：
"你应该过来。"

我不敢混在人群中，
我怕我的影子找不到我。

2017

她湮没在儿孙的谈笑中

她湮没在儿孙的谈笑中，
就像一个被遗弃的包装袋。
她低头吃饭的时候，
像我。

一个活到衰老的人，
是不是她的痛苦也衰老了？
她脸上没有痛苦，
也没有其他表情，
只有无所适从的踌躇，

这也像我。

可是，
我不愿意告诉她，
我在细细地端详她——

这真的难以启齿，
我正在替另一个人去想象
面对死亡时，
该如何自处。

2016

歌　谣

如果无人伸出臂膀，
就请拥抱风。
如果无人挨近脸庞，
就请亲吻雨。

我们已幸存很久，
应该心存感激。
那些不幸的人们，
已经替我们领受厄运。

这人世的孤舟，
永远无法靠岸；
就把这风和雨，
当成沉默的圣像。

2016

空镜子

她对着镜子梳头，
一边梳一边叹息。
镜面有一条裂缝，
她也不在意。

她对着镜子梳头，
一边梳一边叹息。
镜面有一层水汽，
她也不在意。

她对着镜子梳头，
一边梳一边叹息。
镜面已经一片昏暗，
她也不在意。

2016

腊月某日

腊月某日。日头下，光秃秃的树。
枯哀的草茎掉在地上。一只狗被拖去宰杀。
堂屋内八仙桌上的碗筷叮叮当当——
拴狗的那棵树周围，有一阵腥气仍在逡巡，
寻找刚刚一直在的鼻子。久久不肯散去。

2022

老哥俩喝酒

天色暗淡下来，
除了酒盏闪烁，
其他含混不清。

中午的剩菜，花生米，四两白酒，一段灰烬：
"我被红卫兵罚跪，膝盖头都跪烂了。"
"他们后来补偿我什么了吗? 什么都没有。"
"老头子现在是走了，我怨他一辈子，眼睁睁看我去受苦。"
……

晚风爬过门槛，
坐上酒桌。外面

传来一段晃动不安的口哨，

周围有明亮闪烁。稍息，

一切又变得含混不清。

2011

幻想2号

又临近了

那年，也是这样的时刻，

那人在一座教堂前坐了一会儿。

2020

陈云昭，20世纪80年代生人。图书馆馆员，诗歌写作者。有诗歌入选《时间之外的马车：中国诗歌学会2021年度诗选》《〈扬子江〉诗刊二十年诗选》《2017中国年度诗选》等选本，出版有诗集《万物在场》。认为阅读曼德尔斯塔姆的诗歌是一个人的"羞耻"操练。

里　拉

占卜井

一口井对于我们来说是绝壁
生产队，赚工分，铁桶击碎水中
平静的倒影。盲人占卜师告诉我们
井底有一条大蛇。

如果是，蛇一定处于
永久的沉睡中，井水面容模糊
阳光下猫眼中横出一条线
倦意席卷了所有人。

我爸爸，眼看着井水到干涸的一天。
他用几十年的梦境驱逐水
他想捕蛇，不只是由于风湿病
那疼痛的麻绳中最细的一股。

大地一只凹陷的眼眶
丑陋的气息暴露在我们面前

"填平吧，插一根竹竿，透透气"
他要忘记在井里汲取的所有东西。

2022

长杆烟，龙

一尺长的光滑木杆，
顶端是一个斗型的容器
传说中的炼金器。

我祖母往里面装烟叶，碾碎、压实
划亮一根火柴。一只龙吐赤珠，
它在困厄中蛰伏了许久。

而火焰所能给人的欣慰，只是最后：
灰烬的日常表达。她坐在炕沿前
地上一只火炉引来睡意，迷雾

在呼吸里进入肺叶
两只鼓动的龙巢，
被风雪灌满的村庄静夜。

火炉连接土炕，我们自己砌就的

那些河里的薄石块
是我们抵御严冬的盾牌。

我祖母把烟灰在火炉上敲
敲散它们，让火星在灰尘里飞
仿佛漫长冬夜战栗的星星。

2022

家难记

我几乎忘了那天的时令
只记住了尘土，在阳光的流苏里
吞食我们的面孔，当那堵被推倒的墙
发出它低沉的叫声

我们好像忽然得到了安慰
来自远处医巫闾山上古老的青碧
被拆毁的房屋在我们眼里
辨识它自己原来的样子

我母亲要在废墟里生火
为家人熬制一锅空汤
我们的柴，那些劈啪作响的

生动之诗会烧尽吗？

从那天后，我们家四口人
从没想过清除那些瓦砾
那种对未知的争辩，那因为
自我被否定后留下的碎片

会在时间之流中被擦净
我爸在晚年终于把执拗
从他的生命中驱除，很简单
就像对着死亡轻舒一口气

2022

你的童年

你的童年没有你走得远，
他总在废弃的屋顶上，沿着绵长的田野
向北，目光掠过白厂门小镇的清代烽火台
医巫闾山的线条试图勾画远方的错觉。
（医与巫，是你祖先们的呼吸）
相比于山，他的性情更倾向于
屋后流过的小溪，水珠微小的光芒
为他描绘了世界的纯洁。

在长满松树的山坡上，矮坟墓摆放疏落
但它们内部有一种整饬的秩序。
你的童年，在你曾经驻足的地方停留
在你离去的时候，他为你
记住所有过去发生的事情。
他也可以认出你在异乡的新样子，
并从不怪你，那么难以辨认。

2020

庭　院

庭院中有松叶的涛声，
很久前就磨出样子的月亮雕像。
芸豆棚和墙角的曲麻菜
构成了它熟悉的秉性。

雨水在石槽里，安静入眠，
没有人听得出它呼吸里
记忆的味道。这是这座庭院
在时光流逝中唯一不动之物。

风从破马圈里，吹出一段音乐
像马的嘶鸣，

小石子滚动在月光下——
它们仍在这庭院里生活
以他们以前习惯的方式。

2019

丰盛的一餐

那顿饭十分丰盛，
两桌子，几乎都是我的亲人

在村庄的小饭店里
一个姑娘不停地往桌上
搬运菜肴：火腿、鱼、猪头
油光闪亮的菜。大家不出声
就慢慢地咀嚼。有几个人
眼里闪着泪光，我觉得
爸爸会在这种场合
喝上一斤高粱酒
然后在梦中打响呼噜
就像壮健的马嘶
像火车抵达时
悠长的汽笛

他已睡下，石头般安静——
我们去山坡上为他送别
回来吃这顿丰盛的一餐

2014

梦见父亲

我梦见父亲时，他都是正逢老年，
或者是在临终，握紧我的手吐不出半个字。
一个人三十五岁，并不能梦见他三十五岁的父亲。
他健壮的肌肉，唇上的短髭须，
引以为傲的修车和精明的打牌技艺。
我们在梦中，也从没有真正的对话。
只是他一个人，不停地念叨着山坡、债务
早早来临的死亡。我从来没问过他为什么
跟我提起这些，也从来没有打量下
梦见父亲的自己。当他每次与我重逢
只是想看看我的三十五岁，看看我此时的
沉默和锐利。我在梦中听着，与他对视
一直到我的老年来临的那天。

2021

冬至夜的舞蹈

她跑进来，说要给我跳一只舞
然后在音乐声中找到自己的节拍。
唱词告诉我这是一个雪天，
有几颗心要跟窗外的雪人握手，
后来阳光洒下，雪人就融化掉了。
表达失去、遗憾，她的手和腿做到了这一点。
她的喉咙有点沙哑，不停地清嗓儿
生怕别人听不清，主要是怕雪人听不清。
窗外黑漆漆的夜色，一定让她的舞蹈
情绪更紧张。但雪人的存在，哪怕只是
精神上的，都让她得到过片刻的愉悦。
这是一个练习失去的夜晚，地板上
儿童拖鞋敲击着。当她还没有失去过什么
她已经暗中为自己积蓄了悲伤的准备，
我说我要为她的舞蹈鼓掌，也为了
那个忽然消失的雪人而鼓掌。

2021

风　筝

周末的午后，郊外空旷的草地

女儿在我们的指导下提起风筝的线轮
飞啊，蝴蝶的粉翅膀上有阳光的花粉

可是草地上有倒地的麻雀、斑鸠
它们被风吹干，羽毛在尘埃里脱落
她想知道为什么。这真是个难题。

只有她自己撞见一条蛇
吐出一口吞掉翅膀的火，
看见锋利的刃口涂着红漆，
才明白被喧哗淘空的尸体里
贮藏着一种寂静的疼痛。
她才会明白，总有一些生命的线
说断就断了，它们并没有人提着。

2020

秋天的阳光

秋天的阳光打在白墙上
他用一面镜子反光
在墙上折射一个投影
女儿追着跑、拥抱、用嘴吹
用含混的发音说"下呀"——

那一小片光似乎很听话
从墙上爬下来，又溜了
溜到了房顶，停住，和她保持
遥远得无法再触碰的距离
她扬起头望，凝着眉发愁
拒绝这样的一次别离。

她不知道，那一束光永远
握在她爸爸的手里，也不必发愁——
如果她说"来呀"——
它会有不听话的可能。

2016

迷　路

夜色中的山北小街有点喧闹
小龙虾的红钳子企图拦住去路
或者掐住谈话的喉咙，它身上
有繁琐的隐喻和紧张的烧烤味

但足浴店的灯光比较温和
每一家都用相似的字母打出
止步的慰藉。我不止一次地

问过自己：我们走得疲倦了吗？

而你穿过停泊的车丛，等红灯的高烧
降下它的热度，不知转弯地让你的
裙子在这个陌生之地打转。我才明白

迷路属于一次旅行，原路而返
是多么乏味的一件事情。

2019

阿基琉斯的未来

他母亲是海神，掌管全世界的海水
当她因为预知了儿子未来的灾难
而忧虑不安时，她用水润泽他的身体
握住这个小儿的脚踝，相信未来

也不会为难他了。未来，像一个严肃的
雨天，还不知道爱已经准备好了雨伞。
忒提斯做这一切的时候，
相信父母的爱是不会失败的。

那么，当他披挂起铠甲准备战斗

他就是无人能敌的将军；如果回到
一个无人的海边，就是转着舵轮
打捞星星的渔人。但他仍然会倒下，
这一点，是她母亲没法控制的事情。

2020

房顶有石子滚动的声音

我曾经住过的房子，我父母的房子
在东北的乡村，房顶可以长出青草的房子
我们总能听见，那个来自房顶的石头滚动
的声音，我母亲说，这一定是当初
建造的时候，有不真诚的人在场，
那人往里面扔了石子，算是对我们的诅咒。
那人是谁呢，从她说话时的确信的表情看
她应该猜测过哪个看起来跟我们很亲近的人。
就在土炕的上方一点——如果扔了石头，
他是把石头扔在了哪里？——檩子和椽子
都是杨木的，木头里面并不存在一个山洞
供那颗背负罪名的石子一直滚下去。
我们把短腿木桌摆在炕中央，端上碗筷
四口人的高粱米饭和一小锅酸菜豆腐。
单调的汤水被吸食的声音，在亲缘中

演奏出欢快的气息，滚动的石子我们听了那么久
赋予它的都是愤怒和遗憾，它在重复的滚动中
校正听觉的谬误，来自北风马蹄的踢踏
来自冰层在一公里外的挤压，都有可能
造成我母亲口中的诅咒。我母亲猜中的人
屡次给我们送来不安的表情的那个人
其实，极有可能在冰冷的时间，送来过祝福。

2021

观看黑天鹅

实际上天鹅还是黑色更美，
白色代表梦，黑色仿若现实。
在园子的进口附近，一眼能望见
锡山下湖岸的葱茏春色，一座亭台
作为观赏的绝佳位置插入到湖心，
与之相映的是她们的岛屿，"汀"。
在下午，除了栏杆上的伸颈，投食逗趣
填饱了我们的感官，像天鹅填饱她们
肥大的肚子。黑天鹅滑行、击水，
在我们的指引下互相漠然，一种法则，
胜过了所有情感。在无秩序的图景中
我忽略了远山，沉浸在她们传染的欢愉里

听那种仿佛口琴漏风的诙谐鸣叫。
所有天鹅中，有一只身患疾病，
它的游动始终倾斜，没有人注意。
我们起初以为，那只是在追食的时候
贪婪地转换她的方向，这种转换
看起来自然而快意，遮蔽了自身的缺陷。

2021

偶见奥德修斯

机舱里挤满了人，安全帽碰撞
发出工业塑料的笨拙声。
内燃机通过一根轴带动螺旋桨，旋转
飞快切碎水珠，在距离我们不到十米的
船壳之外。这里炎热而抖动异常
就像是一个发烧的昏沉病者。
这是大海，这本不安的查询手册
有目录，但从没有一个确切结果
我们的所有数据，小数点后面的疑问
源于海水的脾性，阳光投在一朵云下的阴影
唱歌的风中猛禽，或者是对面行来的
一艘载着还乡的奥德修斯之船。
我们记录、整理，在大海之上，

翻阅手册中那些亘古名词——
一次完整的航行，总是包含了某种想象，
就像一次还乡，像总有一些事情
会在靠岸之后经历了变迁。

2021

见识大海的唯一方式

因为航线的不断偏移，
我们始终无法发现隐藏在
大海上的三千个古老国家。

螺旋桨的螺壳带来风暴
水花白色的梦境
是阿佛洛狄特的故乡，
信仰神话的民族，诗歌起源。
可是我带来的是下坠的汉语
单音节如雨点掉落进海底。

货舱里谷物金黄，
我们被海风吹过的脸庞发白。
我们航行，但这航行并没有
带来过什么清晰的勇气。

星空并不会提供安慰，
地图也显然过于自信。

我们要去的一个港口，
要送达的物质、信约，
不足以补偿我们路途上的缺失。
所有我们长久面对的码头，
都像是大海丢弃的昨天，
只有飘荡而过的茫茫一见
才是见识大海的唯一方式。

2021

雨在窗外落下

雨在窗外落下
在我目光不能触及的地方。
落在过去，眼神的蓄水池。

雨滴在楼前的地上蹦跳
碎裂成更小的雨，弹性失效
一件执著的事终于放弃。

它也是星辰的碎片。

没有呜咽，夜空静寂
一座楼孤零零，坐在雨中
像被猫玩倦的一块橡皮。

那里有人刚刚逝去，
作为送别，没有什么比它更合适。

2021

雨的音乐

雨的音乐是人思绪的微澜，
高低音，弹奏时间的细密。
雨是故乡田埂，夏日老农。
我父亲从地里赶回来
他的衣衫早已湿透。
之前他光着膀子俯身劳作，
在一条田垄的尽头像停息的琴键。
他卷纸烟，大口喝茶叶末。
他笑骂着，为日头的烧灼。
他赶回来的脚步，雨的脚步
至今都惊讶我。
像从一个遥远的地方，
历经了多少麻烦，终于

快摆脱的样子。一身雨水是什么?
它已经完成了记忆的坠落,
参差、焦急,最后都转为安静。
音乐的终结是这样的,
他的尾音若有若无,
有时能让我们听清,
微弱的回旋的一颗。

2021

细尾獴哲学

据说细尾獴这种穴居动物
可以直视太阳,我一直怀疑
他们处于黑洞里
夜晚沙土声催眠,他们应钟情
黑夜带来的安全感。

对于习惯黑暗的动物
我们可以斥之为"蒙昧",
这逻辑来源于柏拉图
关于山洞的著名比喻。

在动物园,有人投掷面包屑,

麦香在草丛里编织绳线，拉出一个
嗅觉灵敏的先觉者。
他在细小的欲望上伏下身体
以专注吸引了他的族群。

诱惑要比文明简单得多
它不需要什么解释，
就让一群细尾獴离开
安全的洞穴。而这种离开
在盲目中成为秩序的渊源。

2021

在颐和园

仍然还有一条船，为了避免
游兴沦为苦役在湖心晃荡。
我想起叶赫那拉氏的黑白相片
在莲叶青碧的夏日里，每个人
嘴角都细微地下降。然而
这样的表情并未影响太后的情绪
她用笑容掩盖了持久的闷热
它像落日，沉静而奇妙
从面颊上缓缓滚过。

今天，我们在颐和园闲步，
画舫涂漆，颤巍巍的旗鞋
在格格们脚下拨开水花，
风浪的迷雾中一队小船
驶向缥缈的时间之河。
楼台深藏的古色
有时勾画晚清的湖光，
园林巨大、喧哗，还有潜沉的
闪电，划过无言的栅栏
像树下的麻雀，当我们发现时
早已带着一束光轰然地飞走。

梵高：星空

他有汹涌之心。所以画中的
星空多波纹，所以丝柏树
在他的眼里跳舞，所以
村庄倾斜、云团涡转。

这是上帝现身的前奏，
这样的夜晚，需要一个
疯狂的画家，他得选几种
单纯的颜色，记下这独特的瞬间。

在阿尔宁谧的夜晚，黄色调的太阳
让位给月亮，向日葵被黑丝柏取代。
作画之前，他站在疗养院的窗前
用那只残留的结痂耳根，试着听了听
星空的动静。

2019

夏加尔：生日

你的身体往前倾，你手里
小心拿着为我生日准备的花束
在我耳边说过一句祝福
像喂清晨的小鸟一粒露珠

亲爱的贝拉，你要为花寻找
一个合适的位置。你要为房子
安放我们身上那熟悉的气味
你眼神惊喜、羞怯，脸颊那里
像是生来长着我的吻

我爱你，贝拉！所以我的吻飞身
我的身体扭转，像沉浸在爱情中的怪兽
打翻了阳光中的调色盘。窗外那些静物

那些长着彩色眼睛的屋脊和云朵
正在从观众席上激动得乱成一团

2019

两把椅子

时间尚未到，它们还是静物
在阴暗剧场里的两把空椅子
彼此不会说话。由于站姿
它们疲倦不已。然后黄色的灯
开始睁开眼睛，寻找未发生的
美丽事件。然后你穿着
白色的衣服入场，在左边
那把椅子复活。那右边的一把
也选择了一个合适的人

这时候它们开始对话
两把椅子——多年前已准备好
所有对话，让剧场格外安静。

2015

卡基纳达

在卡基纳达海，爱滑翔的鹰
和爱打趣的印度劳工一样寂寞
他们吹着咸味的海风在风里
彼此用咖喱味的油手指说话
说蹩脚的英语，受伤的印度语
新加坡船舶运来的中国语
"你——好！"
在梵天和象神脚下，黑色皮肤闪光
折射神的伟大和自由，于是他们
光着脚站在灼热的码头桥上
对一堆舢板上带盐的鱼津津乐道
然后被一句工头的脏话驱散开
拿起各自的扳手，顶着歪斜的头盔
顶起印度天空恶狠狠的太阳
真像是母亲或妻子，在泥泞的路边
用头顶起洗澡盆、菜篮子，祈祷
他们相信神就在蔚蓝的天际
或者从一只鹰的眼睛里观照自己：
从出生到把肉体归还给自然！
草棚顶的乌鸦，游走在街面的狗
在马路中间横卧的一只老牛
他们难以形容各自的悲欢离合
只是习惯了日复一日的姿势

不去冥想，自得其乐
犹如那尊矗立许久的甘地石像
目光深邃地望着这个民族的命运
连续的热风读不懂这表情
印度洋读不懂这表情
深埋在血液里的歌声
或许——刚刚开始读懂

2013

在印度旅馆

旅馆老板在门前用石灰粉
洒下代表平安的符咒
清晨的熹微使院中
不知名的树叶变得清新而生动

在那里隔着一道矮墙
两个额头点朱记的印度妇女
正在晨光中交谈，她们那么美
闪动的黑瞳仁、棕色皮肤
话语中甜蜜的弹舌，像小鸽子
扑扇开翅膀轻柔地飞起
甚至当远处教徒的晨祷声随着

湿湿的海风掀起我们的窗帘
某种醉意在我们的屋内上升

更远处的渔船解缆，穿三角裤的渔夫
启动发动机的突突声，在烟雾中
融化于宁静的海面。有人在沙滩上
晒下往日捕获的鱼，他从岸边的
一座草棚中走出，借着太阳橙色的光，与神交谈

我们在这样的清晨醒来：在印度
一个名为卡基纳达的港口——
那个被符咒佑护的小旅馆

2017

里拉，本名金雪松，生于1985年，满族，辽宁黑山人，现居
江苏江阴。诗歌散文作品见于《诗刊》《扬子江诗刊》《朔方》《山
东文学》《草原》《散文百家》等文学杂志，荣获首届李叔同国际诗
歌奖新锐奖。

吕　彪

暮　色

霜花的融化像秘密的行刑，
时间被行刑官斩断成一截截木盒。
木盒里有保卫闸口的螳螂，
或者在院子槐树下走遍了世界的蚂蚁，
也有以为找到光明之路的你。
我艰难地冲出黑暗的房间，

步入更为黑暗的暮色。

2019

偏　差

已经七年没见了，
我坐在窗户的背面，
此刻正在想着你。

阳光刹那间倾泻下来，
像要把我冲垮了；
惨白色的雨水像针，
此刻正悬停在我的眼前。
阳光和暴雨都在此刻，
距离你七年、二十公里，
却不能度量。

当虚妄的标尺拨到四年、
五百米的时候。
我把车停在你可能居住的
地点和夜里的时间，
燃烧了十三支烟的距离，
这个距离是个错误的答案。

就像我爱你一样存在偏差，
当你抽离之后，
空间和时间一直膨胀，
却没有填进一丝内容。

2019

飞　行

我进入另一具身体，
然后开始飞行。

如果我不赶快的话，
就要看不到拉伯雷绽放的蝴蝶了！
或者会失之交臂，
与莫格街窗棂下跳下的爪哇猩猩，
他会在那时绽放人类的笑。

但是一旦飞翔，
我会逐渐失去小腿的力量，
不能再回到地面。

是的，
我将不能回到黄龙港，
去缠斗跳舞的蚂蝗；
或者走到丁墅乡的野地，
掏空茭白地里的水，
抓虾！

我迷恋飞翔的感觉，
就像低级的笑话一样让我上瘾。
可以的话，

就让我死在天空吧。

2019

黑　暗

我在咖啡馆睡着了，
蚂蚁爬过楔子形的脸。

铁皮坠子荡起波纹，
使我脑袋发麻。

黑暗在一瞬间，
统治了整个咖啡馆。

就像曾经，
很久很久的曾经，
以及很久很久的
将来。

都浸满了黑暗，
不是黑色，
黑色里没有震荡的铁坠。

是一瞬间的光明，
还是微弱湮灭的火苗，
或者走向黎明，
或者堕入死寂。

2019

江边乡村回忆

太阳悄悄然落下，
老嫂子挽着篮子，
从垄上下来咯。
等待哺育的光蛋小子们，
还在巷尾争执，
白日赋予的能量，
还没有最后用尽。
隔壁村的麻六，
和外乡来的姑娘，
躲进了芦苇丛里。
痞子们呼啸着，
骑着上海牌掠过闸口。
空气里有烧桔秆的焦味，
拾螃蟹的老头儿，
一脚踩在了太阳余晖里，

从泥里捡起一段女人衣裳

……

没人知道地狱在何时，
突然降临。

2018

来　潮

桃花港水将要溢出了，
上环垄的泥土像鱼冻一样
黏塌塌的，即将
冲泻而下。

还有些拦不住的小孩，
偷偷爬上乌龟墩，
从想象中的蟒虫腹中，
企图夺回钙化的蛋。

野枝桠，和破落的船板，
随着汹涌的黄泥水，
杀将着滚向下游！

所有人都在征伐，

在夏天带来的暴雨中，
或者在暴雨带来的夏天里。

直到，
无可征伐。

2018

她偶尔来看我

她偶尔来看我，
在我还没有长大的时候，
带着礼物，
有时候有新鲜的乳汁。
她来看我的时候，
老槐树的影子映在墙上，
像刚生下两只橘色小猫的母亲。

如果她来看我的话，
她要穿过那道深重的黑幕。
黑幕像巨大的吸盘，
吸走这边所有的味道。
我试着锻造一把钢剑，
用来刺破这暗，

却如同刺入了深夜的水中。

我想起她走的那一晚，
窗棂间倒映下的都是惨白。
树木、墙壁、灯光、蛙声，
都变成流动的黑色胶质。
一只苍老、污浊，却坚硬的手，
穿过深重的黑幕，
在你的碗里滴下一滴索命的药水。

那边更纯净呀，
你说，笑着。

2018

九　月

你的血注满了我的整个九月，
我的身体一直渴望回到那些夜晚，
有着你的身体的，让我蜷缩着的，
充盈整个被窝的夜晚。

树梢在用它的干涩眼角窥视，
旧窗棂刷上了新漆，确实刺鼻。

秋天看到了，透过树梢和窗棂，
屋子里的空气吸干了苹果——
餐桌上干瘪的褶皱像老人尸体般。
村头的仙姑用紫色的药水
浸泡你，昨日还曾散发肉糜幽香的
你的脖颈，雪白的一段。
闻过你脖颈的我食欲大增，
缩成一团想着你光滑的其他部位。
桃木剑斩断了我的幻想！
我的幻想啊！每个秋天的幻想！
不是腐朽的大人的恶毒言语，
不是被药水侵蚀的小人的攻击，
是孤独啊，毒箭在那一刻战胜了光，
我没能冲向你，
保护你的
雪白的
脖颈。

2018

一匹马

一匹马，眼神浑浊，深夜里
被从马厩踢醒。愤懑，并且

胆怯地咕嘟一声。它已经被
良好地训练，微微低下身子，
有两个人骑着它，一个胖子，
和另一个胖子
（他原本很瘦）
一直往前跑，
一直在跑着，
恍惚间，它觉得驰骋在荒原，
可以跑到世界尽头，
那里有扑面的风和咸腻的海水，
直到鞭子抽击它的肋骨，
回过神来，
马嚼子已经被咬出了血。

2018

擦　拭

你曾经用笑容俘虏我，
笑容里有泥土的芬芳，
我追逐过你脚踏车上的背影，
或者球场边偶尔出现的你，
透过飘扬的尘土，
你走路的样子像通透的、

水晶雕琢的细高瓶子，
不动、处于我视线中央。
总是有很多或者是虫、
或者是蛇、耗子、
毛发金黄发光的狗，
在你身边徘徊来去，
你的身上有了些灰尘，
却始终没有碎裂。
我终于还是没敢问你，
我可以擦拭你一下吗。
因为我听到你说，
秋天的螳螂是灰褐色的。

2020

读　书

一具巨兽的骨架横在烈日下的沙滩，
一枝老树的枝桠长在悬崖间的峭壁，
一颗子弹的弹壳卡在广场边的石缝，
一枚未发行的铜板躺在裸露的墓中，
被玩耍的孩儿捡起……

一位刑警探索没有头绪的积案，

一头公鹿走进未曾探索的森林，
一群蜜蜂扎入新近发现的花海，
一条受伤的鲸鱼逃过追捕的渔船，
沉入暴雨下的深渊……

我在阳光下的藤椅上窥探世界，
如同一次漫长的远遁，
派遣的是我对世间的留恋，
如果能在世界的尽头带回一些沙砾，
也许它会区别与你昨夜刚买的米。

2023

新　年

祖母用长条扫帚
挑下屋檐角上的蛛网，
她告诉我明天就是新年了。

可是我知道，那蛛网
马上就会长出来的，而覆盖上的
却是旧年的尘灰。

哪怕用最先进的除尘机器，

也无法扫尽旧年的尘土，
因为它们会覆盖每个角落。

而覆盖在我心里的，叫做孤独。
于是我不去清扫它，
任由它滋生。

终于，
我的孤独垒成了一座岛，
海鸟从上面飞过，飞向另一座孤岛。

2021

吕彪，1986 年，生于江阴石庄。每次提笔写诗时内心都惶恐不安，可能来源于他越来越多地认识到自己的无知。诗歌作品散见于部分公众号。

怀　博

入　口

在无所事事时读书
在漫无目的时栽种
当我读书，栽种
我把自己交给造物主

如果我是渔夫
我绝不傻傻地标记来时的路
我知道，凡是落英缤纷的地方
总有桃花源的入口
只要漫无目的地跟上鱼儿的脚步
一定能够到达

如果我是一片土壤
我将任由风和鸟儿在我身上播种
来年若是樱桃硕硕
我便听善男信女在此互诉情肠
若是芭蕉郁郁

我就请诗人为我浅唱离愁别绪

如果我打算写作
那是命运借我的手在耕耘
她用一些漫无目的的字句
讲述命中注定的故事

每当我无所事事
我便感到充盈
每当我漫无目的地望向窗外
我总能发现
樱桃也红了，芭蕉也绿了

沐　浴

洗澡的时候，面对真实的自己
审视着这副躯体，种种思绪

三十年来，它尝过甜头，受过委屈
接受着社会的调教，难改本性叛逆

岁月留下的印记，犹如年轮一般清晰
参与着这一期生命
我熟悉它每一个部位，每一段经历

赤条条地来，赤条条地去

纷扰的生活，倘若迷失了方向，彷徨了意义
最好的答案，也许便是这身躯

生存与繁衍是永恒的主题
亿万年的演化，谁能听得懂这无言的教谕？

这一身血肉，常常被布料所裹挟缠绕
支撑着珠光宝气，却得不到休养生息

有一天，它会回归自然的怀抱
天地的化育，会将它再造
到那时，又会是谁来凝望这胴体？

怀博，1991 年生于江苏江阴，研究生学历，国企员工，一介书生。

道　格

月　下

三月里，阳光照得明媚。

风正好吹向远方。

我便出发，出发往西边的落日。

四月的草绿，

田野里开出了一枝小花。

我也捧着一束，远眺你远处的身影。

如果你正巧也看到了我，

那正是生命的意义。

　　道格，本名沈梦晟，1992 年出生，江苏江阴人，精酿啤酒酿酒师。阿派朗读书会创始人，文学爱好者，自编个人诗集《月色，荒野，孤独的小草》。

后记

　　本书的编辑费时一个春天和一个夏天。前期工作主要由两位诗人，也即编委会年轻的成员里拉（金雪松）和陈云昭完成组稿。他们为本书问世付出了巨大的热情和精力。其结缘在于，两人不仅同为20世纪80年代出生，目前正当壮年，同时又分别来自东北辽宁和江苏盐城，属标准新一代江阴移民。人生的前二十年均在各自的家乡长大成人。在图书馆工作的陈云昭担当了更多的电脑文字输录和存档编排。在此，一并向两位合作者致敬。

　　除"白话五虎将"之一的诗人刘半农，组建"弥洒社"的作家胡山源先生之外，收录本诗集中其他的文字内容，都得到了每位作者的版权认可。我们谨向这些诗的作者致以最深切的谢忱和问候。他们中间每一位都是彼方同道的榜样。我们还尤其感谢江阴"澜心公益基金"的发起和负责人梁凤玉女士，没有基金会慷慨出援手，也就不会有读者手头上这本精美的《一个人的县城》。我们还要向上海文艺出版社的工作人员致意，向本书的特约编辑、诗人长岛表达诚挚的感谢，他们仔细编辑了书稿，及时沟通给出了许多意见，并校订出不少文字错误。尤其致谢来自乡镇的诗人。感谢祝塘（筑塘）的诗人李中林（李散），年逾八十而雄风不减。

　　一百年的新诗写作，对应的是一百年的县城往事和沧桑变迁。我们从一开始就很清楚，在作者、作品、艺术成就的挖掘展示上，难免会有这样那样的挂一漏万、遗珠之憾。希望在本书作为第一本选集推出的基础上，将来再有可能编出第二、第三本选本，能够更客观、更充分地展示一地、一县百年历史中泥沙俱下浮沉涌现出来的新文艺和新诗作，进而，亦或能带动江阴周边的靖江、武进、宜兴、常熟、泰州、如皋、南通和太仓，大家共同进入中国白话新诗的县城时代，一个诗的城乡结合和共同体时代，这也正是戴望舒译本、法国诗人保尔·福尔（1872—1960）笔下那首美丽、欢快的《回旋舞》一诗中所允诺的无比绚丽的诗学景观：

　　　　假如全世界的少女都肯携手，
　　　　她们可以在大海周围跳一个回旋舞。

　　　　假如全世界的男孩都肯做水手，
　　　　他们可以用他们的船在水上造成
　　　　一座美丽的桥。

　　　　假如全世界的男孩女孩都肯
　　　　携起手来

　　　　　　　　　　　　　　2023年5月31日